頭

東方白短篇精選集

東方白——著
應鳳凰、歐宗智——編選

CONTENTS

CONTENTS

開拓「慧」的文學

——東方白精短篇語錄（代序）

◎東方白

我一生慣於追求長而遠的大目標——五年的博士論文、十年的《浪淘沙》、十年的《真與美》……，前年（二〇〇一）《真與美》出版後，突然十分空虛徬徨，發表了〈古早〉、〈我〉、〈空〉、〈殼〉……之後，終於形成了「精短篇」的形式，乃決定此後五年做為自己的目標，專寫這種獨創一格的文章，別小看這小小文章，如果寫上三、四十篇，力量就不可忽視了，絕不遜于一篇大河小說（《莊子》就是最好的例子）。為此我花了整整一年，重讀芥川、莫泊桑、契訶夫的短篇小說，回台灣前又讀了*101 Modern Short Fictions*，在台灣又買了卡夫卡、海明威、高爾基的短篇傑作選，更買了三冊褚威格的心理小說選。我花了三個月將三十五本 notebook 記載的上百篇題材整理出來，列在筆記本，讓它自然醞釀，打算一篇又一篇，精工製作，逐篇把它們寫下來，我對此用心良苦，不遜《浪淘沙》。（二〇〇三・一・六）

文學大致可分為兩種——「情」的文學與「慧」的文學。「情」的文學汗牛充棟，「慧」的文學鳳毛麟角，因為我酷愛「幾何之美」的文學，所以也就寫出「東方白」式的短篇小說！（這可能是「東方白」與台灣一般作家最不同的特點！）（二〇〇三．一．三〇）

我天生喜愛「哲學性」、「思想性」的抽象文學（寓言、神話，深具人生意義的短篇小說）——莊子〈夢蝶〉、列子〈愚公移山〉、陶潛〈桃花源記〉；莫泊桑〈項鍊〉、契訶夫〈打賭〉、芥川龍之介〈蜘蛛之絲〉是我的六個最愛，五十年來此情不變，由此可以說明我為什麼要寫寓言小說？為什麼會如此孤獨？（二〇〇三．九．一一）

一個純粹的作家（像東方白），沒有外在的「誘因」（像「名」、「利」或什麼……）可以誘使他去創作，卻有一股內在如火山的爆發力逼使他去寫作，將岩漿噴出之後，才能獲得短暫的安靜，不多久，火山又蠢蠢欲動了……說好聽是「才」，說不好聽是「病」，這「病」逼他「不得不」繼續創作，否則會因不寫而無聊而憂鬱而發瘋。我不能像一般退休的人，整日看電視、搓麻將、旅行、吃喝……便了，這種生活我過不下去，我非得在我眼前擺上一年以上的「長期」工作計劃不可，否則就會無以為生而開始憂鬱，因此《浪淘沙》後有《真與美》的十年計劃，《真與美》之後有至少五年以上的「精短篇一〇〇」長期計劃……計劃到

時能不能完成不在考慮之下，但沒有計劃便立刻倒地而死，概無疑問。（二〇〇三．一一．三）

六月底之前，會將《真美的百合》完成，積極投入「精一〇〇」的計劃中，此書又是五年至十年的長期抗戰，不一定能完成一〇〇篇，但目標無妨大一點遠一點，給自己鼓勵，這一〇〇篇中若能出現五篇類似〈莊周夢蝶〉（四十八字）的佳作（而且我有預感可以寫得出），此生無憾矣！我這人慣於眼前有個長遠的大計劃，否則活不下去，可憐不？（二〇〇四．六．一）

我把應做的事都做了，又是「無事一身輕」！開始動腦筋構思擱置快兩年的〈頭〉，接下去便是期待已久的「精一〇〇」，大可揮灑自如，大刀闊斧地寫下去了。（二〇〇四．八．二九）

其實此大工程已計劃并進行了兩年，當初下此決心後，我就花了好幾個月重讀手邊讀過的短篇小說，并從中精心細挑了三十四篇（百讀不厭的世界短篇傑作），（其中中國的僅選了三篇——〈莊周夢蝶〉、〈愚公移山〉與〈桃花源記〉，由此可見一斑！）決定每日勤讀，再讀，精研其吸引人之妙處與美處，然後綜合塑成自己「精短篇」的格式與長度……到目前已萬事

俱備，只欠東風了。（二〇〇五．三．二）

我目前從資料中挑了五篇——〈網〉、〈命〉、〈醫〉、〈眉〉、〈貓〉，已花了幾個禮拜同時醞釀，等果熟蒂落，自然一氣呵成，五篇魚貫推出。以後寫作，也照此方式，直到一〇〇篇全部完成為止。（二〇〇五．三．二）

人間的「名」「利」與「東方白」無涉，他只想過平淡的生活——每天晨起靜坐，彈蕭邦美曲，白溪散步，傍晚澆花，禮拜日剪草……每晚沉思「精百系列」，看有一天能否寫出一篇五十字的〈東方夢〉（多〈莊周夢蝶〉二字!!）而已。（二〇〇五．六．二）

「精百系列」之靈感起於二〇〇三年二月十四日，那時右眼先開了白內障，在等待開左眼的一個月當中（不能看書），乃突發奇想，何不計劃十年，集中精力，創新寫作自己設計的精短篇？學《十日談》，以一〇〇篇做指標，可以形成有力的文學集合體，稱「大河精短」也可以，由於集滴成河，仍然會有大河之氣魄，何樂而不為？（二〇〇五．六．三〇）

「精百系列」已進行了兩年，也看盡了（複習）所有過去讀過的短篇小說，相信打好地基，可以緩起高樓了。現手邊已選出六十篇可寫的素材，待細細咀嚼，醞釀，期待發酵成酒，然後一一裝瓶出售。（其餘四十篇也不難水到渠成，自動湧來……）（二〇〇五．六．三

○）

這期《文學台灣》已寄出兩篇：〈網〉、〈命〉。下期的，近日已成〈鬛〉一篇，〈醫〉就要下筆，另一篇〈眉〉在構思中……，就像下下月二十二日的北歐旅行，「精百系列」的旅程已計劃完成，而且也買票上車，就等每天的美景在車窗展現！（二〇〇五．六．三〇）

文人不必自我清高，以為作品有什麼奧秘無可言傳，根據毛姆的說法，所有「小說」不過是為了引人「興趣」給人「快樂」的，如果達不到此二目的，「小說」再好再妙，干卿底事？與讀者無涉！我所敬仰的 Chekhov、Maupassant 與芥川，他們的作品，一看就叫人著魔，不必再詮釋，也不必再說明，作品自我介紹，一見鍾情，雙雙墜入愛河。（二〇〇五．七．二八）

為了「精」字，不惜代價，「精百系列」暫停兩期，之後再來不慢。你放心好了，寫了〈殼〉、〈網〉、〈色〉、〈絕〉之後，我已發展出「東方白」特殊的精篇形式，故事內容乃我所長，假我十年，完成百篇，將有一番景象。（二〇〇五．一〇．二八）

——以上摘自《東方文學兩地書》東方白致歐宗智函，《台灣文學評論》季刊連載。

真善美的永恆追求

——東方白短篇小說創作導論

◎歐宗智

一、自成風格，獨樹一幟

小說家東方白（一九三八—）繼鍾肇政《台灣人三部曲》、李喬《寒夜三部曲》之後，完成了台灣文學史劃時代的作品《浪淘沙》，將台灣文學大河小說推向新的境地，也奠定了東方白在台灣文壇的重要地位。然東方白畢竟是以短篇小說起家，到二〇一一年二月為止，東方白已出版的小說作品，一共十部，按出版先後順序，包括《臨死的基督徒》[1]、《黃

1 東方白《臨死的基督徒》（台北：水牛，一九六九年三月初版）。

金夢》[2]、《露意湖》[3]、《東方寓言》[4]、《十三生肖》[5]、《浪淘沙》[6]、《OK歪傳》[7]、《魂轎》[8]、《小乖的世界》[9]、《真美的百合》[10]。長篇小說《露意湖》、《真美的百合》、大河小說《浪淘沙》、中篇小說《OK歪傳》與本於一九九四年出版而又重新收入《魂轎》的中篇小說《芋仔蕃薯》之外，均為短篇小說，數量在七十篇以上。[11]

追求真善美，為東方白作品的一貫特質，在完成文學自傳文學《真與美》和長篇小說

---

2 東方白《黃金夢》（台北：學生書局，一九七七年十月初版；爾雅版：一九九五年一月）。
3 東方白《露意湖》（台北：爾雅，一九七八年九月初版）。
4 東方白《東方寓言》（台北：爾雅，一九七九年九月初版）。
5 東方白《十三生肖》（台北：爾雅，一九八三年九月初版）。
6 東方白《浪淘沙》（台北：前衛，一九九〇年十月初版）。
7 東方白《OK歪傳》（台北：前衛，一九九一年十一月初版）。
8 東方白《魂轎》（台北：草根，二〇〇二年十一月初版）。
9 東方白《小乖的世界》（台北：草根，二〇〇二年十一月初版）。
10 東方白《真美的百合》（台北：草根，二〇〇四年十一月美洲限定版初版）。
11 結集出版者，〈父子情〉、〈莎河與我〉、〈白溪與我〉、〈麗〉……等為散文，以及〈一個雨天快樂的周末〉、〈一個善良的婆羅門的故事〉、〈上帝知道一切，等待吧！〉等譯作，扣除之；至於短短四十八字的〈秋葉〉，是沉省錄卻也是超級「精短篇」，則予計入。

《真美的百合》等巨著之後，東方白回歸最先的短篇小說寫作，並以精短篇形式開創東方白文學新天地，謂曾花了三個月，將三十五本筆記本所載的上百篇題材整理出來，列在筆記本，準備讓它自然醞釀，再一篇又一篇地精工製作，逐篇寫下來，他對此之用心良苦，不遜於《浪淘沙》。[12]果然自二〇〇五年起，陸續推出〈頭〉、〈命〉、〈網〉、〈絕〉、〈鬱〉、〈蛋〉、〈色〉……等，[13]深受文壇矚目，其題材、思想內涵、表現手法自成風格，堪稱獨樹一幟，發展出「東方白」特殊的小說精篇形式。

12 見《東方文學兩地書》東方白致歐宗智函（二〇〇三，一，六），《台灣文學評論》第九卷第三期（二〇〇九年七月），頁二二一至二二二。東方白曰：「我一生慣於追求長而遠的大目標——五年的博士論文、十年的《浪淘沙》、十年的《真與美》……，前年（二〇〇一）《真與美》出版後，突然十分空虛徬徨，發表了〈古早〉、〈我〉、〈空〉、〈殼〉……之後，終於形成了『精短篇』的形式，乃決定此後五年做為自己的目標，專寫這種獨創一格的文章，別小看這小小文章，如果寫上三、四十篇，力量就不可忽視了，絕不遜于一篇大河小說（《莊子》就是最好的例子）。為此我花了整整一年，重讀芥川、莫泊桑、契訶夫的短篇小說，回台灣前又讀了 *101 Modern Short Fictions*，在台灣又買了卡夫卡、海明威、高爾基的短篇傑作選，更買了三冊褚威格的心理小說選。我花了三個月將三十五本 notebook 記載的上百篇題材整理出來，列在筆記本，讓它自然醞釀，打算一篇又一篇，精工製作，逐篇把它們寫下來，我對此用心良苦，不遜《浪淘沙》。」

13 至二〇一〇年止，共九篇，分別發表於《聯合副刊》、《文學台灣》季刊、《鹽分地帶文學》雙月刊，均收入本書。

綜觀之，東方白短篇小說極具特色，可以求真、求善、求美三個面向探究之。

二、求真以感人

「真實」是東方白小說創作的重要基點。他推崇托爾斯泰《戰爭與和平》表現了真實的人生，認為世間之事，只要「真」就值得寫，[14]而且「只要文章的情是『真』的，自然會引起大家的共鳴」。[15]這「真」最主要須有生活經驗做依據，一個作家唯有努力生活，用心觀察，有了豐富的人生經驗，寫作題材自然會找上門來。由東方白文學自傳《真與美》可以清楚看到，東方白許多作品的靈感與素材莫不來自於從小到大的生活體驗，包括閱讀、學習、戀愛、旅行……等等。所以彭瑞金說，「真的就是最美」正是東方白的文學觀。[16]

為了追求真實，東方白創作小說之前，一定先熟悉故事、人物的背景，或廣為蒐集資料，或去實地勘察，或與當事人面對面訪談，甚至要小說的主人翁親至家中，將該章節所

---

14 《真與美》（係東方白文學自傳，全套七冊，台北：前衛，第一至六冊於二〇〇一年四月出版，第七冊於二〇〇八年二月出版）第二冊，頁二六五。

15 《真與美》第五冊，頁三九。

16 彭瑞金〈顛覆小說，解構文學？——東方白「真與美」的嘗試解讀〉，見《真與美》第六冊附錄，頁二九〇。

見的一景一物，巨細靡遺，重新詳細說給他聽。[17]當然，這生活體驗必須具有足以令人「感動」的質素才行。又，英國作家佛斯特說：「故事是小說的基本面，沒有故事就沒有小說。這是所有小說共有的最高要素。」[18]東方白亦十分重視小說的「故事性」，而令東方白「感動」的故事，不論是自身經歷或者從別處所聽來的，經由東方白的加工、提煉，一一轉化為小說情節，引起讀者興趣，大大提高了小說的可讀性與趣味性。

東方白初中時，為了家計，曾經度過類似「販夫走卒」的貧困生活，多年之後，化為短篇小說〈錢從天上飄下來〉。後來，看見陌生男子來找自己所愛戀的靜子，因不知此男為靜子的兄長，他卻妒火中燒，於是據此寫成短篇小說〈忌妒〉。讀延平中學時，陪同班同學辰美回家的首次印象，讓他寫出〈少女的祈禱〉。他還根據自加拿大千辛萬苦返台奔喪的經驗，寫成了〈魂轎〉。[19]

17 參閱《真與美》第五冊，頁五〇。

18 見佛斯特（Edward Morgan Forster）著、李文彬譯《小說面面觀》（台北：志文，一九七三年九月初版），頁四二。又，佛斯特曾界定「故事」和「情節」，所謂「故事」是按時間順序安排的事件之敘述，而「情節」也是事件的敘述，但重點在因果關係（causality）上。如果對某個事件的發展，我們問：「然後呢？」這是故事；如果我們問：「為什麼？」就是情節。以上參閱《小說面面觀》，頁一一四。

19 〈魂轎〉發表於《聯合報．聯合副刊》，一九九九年七月三十日至三十一日，後選入陳玉玲編《台灣文學讀本（二）》（台北：玉山社，二〇〇〇年十一月第一版）。

除了親身經歷，許多小說也是依據聽來的故事所寫成，像〈□□〉，是東方白從大姊夫的會社同事「魯肉」的感情經驗中獲得靈感；[20]軍中同僚「阿丁」說的台灣姑娘愛上外省軍官的悲劇，東方白將之寫成〈古早〉；妻子ＣＣ「失婚」的悲夢，淒美迷人，就變成了他筆下的短篇小說〈夢中〉。而東方白小說作品中，被選載最多次的〈奴才〉，[21]是後來也到加拿大留學的台大同窗「老詹」告訴他的真實故事。[22]榮獲二〇〇五年九歌版年度最佳小說的〈頭〉，[23]則脫胎於台灣日據初期士林「芝山巖事件」，巧妙地融合史實和想像。

東方白認為，成功的小說不但要有精彩的故事內容，更要有真實的人物背景，才能將讀

---

20 《真與美》第二冊，頁一〇五至一〇六。

21 東方白〈奴才〉原發表於一九七九年二月二十日至一九七九年二月二十一日《民眾日報．民眾副刊》，後被選入《六十八年短篇小說選》、《一九七九台灣小說選》，並譯成英文、日文，分別於加拿大、日本發表，也是東方白短篇小說作品中流傳最廣的一篇，後收入東方白短篇小說精選集《東方寓言》（台北：爾雅，一九七九年九月初版）。

22 以上小說故事出處，均見東方白文學自傳《真與美》。

23 〈頭〉撰寫經過，參閱《九十四年小說選》書首東方白年度小說獎得獎感言（蔡素芬主編，台北：九歌，二〇〇六年三月初版）。

者拉進小說的時空。[24]東方白亦指出，文學只憑想像或隨意揑造，是注定失敗的。[25]綜觀之，真實性高確是東方白小說故事的一大特色，而且其小說之所以吸引人，故事真實、精彩也是重要因素之一。相對於現代小說的經常玩弄文字卻說不好一個吸引人的故事，東方白的小說都有著真實而又動人的故事，這在崇尚炫奇的文學風氣中，是相當可貴的文學特質。[26]由此可見，真心的「感情」與真實的「故事」在東方白作品中所占的份量，而我們也可以確定，出身理工學科的東方白，[27]為台灣文學提供了另一視角與思維模式。

至於寫些什麼？東方白早在生平第一本書《臨死的基督徒》自序就已經揭櫫其「感動寫作論」：「我也有我親自體驗來的藝術觀——不深切感動我至不能睡眠的文章我不寫……」

24 《真與美》第五冊，頁五〇。

25 同前註，頁三一四。

26 出版家兼作家隱地曾經在「苦讀」備受批評家推崇的「好小說」後抱怨：「現在，許多小說不一定比詩更容易讀。大家都在比，小說如何寫得艱澀，深恐讀者一路讀順了反而露了沒有學問的底，於是不停製造文字障。讀小說原是有趣的事，什麼時候，好看的小說都不見了，我們的小說家，怎麼連說故事的能力也喪失了。」以上見隱地《2002／隱地（足本）》（台北：爾雅，二〇〇三年六月初版），頁一五至一六。

27 東方白於一九六三年自台灣大學農業工程系水利組畢業，一九六五年赴加深造，一九七〇年獲加拿大莎省大學工程博士學位，長期擔任加拿大亞伯大省水文工程師，直至退休。

直到多年以後，東方白依然秉持同樣的理念，他說：「世界上所有文學，不論古今中外，歸根究底，不過『感動』二字而已。讀文章，只有讀到『感動』你的才有興趣；寫文章，只有寫到『感動』你的才會成功。」[28]又云：「一個作品如果要繼續看下去，一定要有感動。所以不一定新就是好作品，新是一種形式，我在乎的是能不能感動我，是不是新形式，我不在乎。」[29]換言之，作品的好壞，取決於是否感動讀者。當他榮獲「吳三連文藝獎」，在接受《聯合副刊》專訪時表示：「作品最重要的有兩個條件，第一先要能感動自己。……其次，它還要能感動別人，而只有這樣的作品，才能夠流傳久遠。」[30]誠如齊邦媛所說的，這大概可以算作東方白的文學宣言吧。[31]而我們也從東方白真實而動人的短篇小說作品中，深深感受到一顆敏銳易感心靈的悸動。[32]

28 東方白《臨死的基督徒》（台北：水牛，一九六九年三月初版），頁三。
29 《真與美》第三冊，頁一六六。
30 胡文青〈風櫃裡的晤談——感性東方白〉，《台灣文藝》第一五八期（一九九六年十二月），頁一三〇。
31 見方群〈滾滾江流浪淘沙——專訪本屆吳三連文藝獎得主東方白〉，《聯合報．聯合副刊》，一九九一年十一月十七日。
32 齊邦媛〈怎樣的人生可以寫「詩的回憶」？〉，《真與美》第一冊，頁九。

再者，為了求真，東方白更極力主張，唯有本土性的語言才能夠將文學的「原味」充分呈現出來，小說作家應以他最熟悉的母語寫「對話」，所謂「對話」之異於「敘述」者，不過「真實」而已。[33]揆諸世界文學名著，曹雪芹《紅樓夢》如此，《戰爭與和平》、《塊肉餘生錄》、《包法利夫人》、《源氏物語》……等，也莫不如此。東方白談及《紅樓夢》的優點時特別提到，《紅樓夢》「以方言的對話成功地推展故事，正如歌德所言：『不論天涯海角，對自己的方言總有一份摯愛，無可置疑，方言乃是靈魂的故鄉。』」[34]得此徹悟之後，東方白身體力行，排除萬難，讓《浪淘沙》的台灣人用純正的「閩南語」來對話。東方白表示，這不是因為政治，而是本乎文學的觀點。[35]而且為了「寫定」這些方言，他投注極大的心血，因此使得《浪淘沙》至少多花了三年時間才脫稿。[36]

繼《浪淘沙》之後所完成的《真與美》、《魂轎》、《小乖的世界》、《真美的百合》

---

33 《真與美》第一冊，頁三〇〇。

34 《真與美》第五冊，頁二二三。

35 見台灣文藝編輯部整理〈「浪淘沙」文學座談會記要〉，《台灣文藝》第一二三期（一九九一年二月），頁一七。

36 陳明雄〈東方白台語文學的心路〉，見《浪淘沙》（二〇〇五年修訂版）附錄，頁二〇一七。

等，在「人物對話」的部分，東方白都延續「台灣人」說「台灣話」的基本原則，臻於「爐火純青」的境界，使這些小說更加貼近生活，富於生活化的色彩，進而引起讀者的共鳴。當然，一分耕耘一分收穫，後來的作品如〈頭〉、〈絕〉、〈鬱〉……等，展現東方白方言寫定的深厚功力，尤其發揮高度想像力，在兼顧形音義之下，獨創了不少字詞，諳閩南語者朗讀之，必然頷首稱許，露出會心一笑。毫無疑問，東方白在方言書寫力求真實這方面，業已駕輕就熟，其所獲致的成績大有可觀，值得重視。

三、求善以安人

葉石濤論鍾肇政時指出思想對於作家的重要性：「作為一個作家而沒有一己的思想和哲學，又不注意思想貧困的嚴重性，那是可悲的。」[37]多年後葉石濤編纂《一九七九年台灣小說選》，其序文提到東方白，說：「由於旅居國外，心繫台灣的關係，他的小說含有跟國內作家不同的、抽象的、異質的東西，常叫人覺得驚奇。」[38]一針見血的點出東方白小說思想

37 葉石濤《台灣鄉土作家論集》（台北：遠景，一九七九年三月初版），頁一四九。

38 葉石濤《展望台灣文學》（台北：九歌，一九九四年八月初版），頁二九。

性強的特色。

東方白十分強調作品的內容，亦即「可以有有內容而無形式的作品存在。不可能有無內容徒具形式的作品存在」。[39]認為「文學要講究密度」，他說：「文學密度＝文章內容／文章字數。密度高的，再長也嫌短。密度低的，再短也嫌長。」[40]換言之，這就是唐宋時代文學批評家所謂的「言之有物」，毋怪乎他會批評「五花八門」的現代小說，往往「沒有內容，只會耍寶」。[41]他還引用了王安憶對小說的見解，來強化自己的論點：「與思想相比，性格是很狹隘的東西。……更完美的人物形象不但要有時代特徵，而且要超越時代的豐富內涵。」[42]

39 東方白〈思想起〉，《台灣文學評論》第二卷第四期（二〇〇二年十月），頁二一〇。

40 東方白〈思想起〉，《台灣文學評論》第四卷第二期（二〇〇四年四月），頁二六七。

41 東方白謂，小說有三種寫法：「1. To tell：只有內容，不會表達。2. To show：既有內容，又善表達。3. To play：沒有內容，只會耍寶。」見東方白〈思想起〉，《台灣文學評論》第二卷第四期（二〇〇二年十月），頁二一一。

42 東方白〈思想起〉，《台灣文學評論》第三卷第一期（二〇〇三年一月），頁二〇七。王安憶（一九五四─）為中國大陸知名小說家之一，除小說外，亦著有《小說家的十三堂課》（台北：INK印刻，二〇〇二年十月初版），係王安憶於上海復旦大學十三堂小說課的講稿結集。

一個作家的文學風格，必然受到他所欣賞的前輩所形塑。東方白最心儀的作家是俄國的托爾斯泰、契訶夫以及日本的芥川龍之介。[43]他曾向鍾肇政說：「我最喜歡芥川龍之介，他的文章我仔細研究過，幾乎可以背下來，他與柴霍夫（Anton P. Chekhov）[44]兩人是唯一能打動我而讓我學習的。……可惜芥、柴二氏都死得太早（35歲、43歲而已），作品雖然華麗與細膩，卻缺乏托爾斯泰晚年的智慧……，我的志願是想寫出幾篇具有芥氏的華麗，柴氏的細膩，托氏的智慧的短篇小說。」[45]東方白文學不可避免深受其影響，小說大都表現出博愛與寬恕的崇高思想，故事淺顯易懂，蘊含的哲理則十分深刻，作品深具藝術感染力。

文學作品的情感要真，形式要美，最終還必須要善——也就是與哲學結合，如此才有深度，才有價值。由東方白作品所展現的宗教情懷，我們不難理解，東方白做為有使命感的作家，確實在「真」與「美」之外，用心追求「善」的境界，亦即努力以躋「文學的極致」。

43 《真與美》第六冊，頁二二七。

44 譯音之故，「柴霍夫」即「契訶夫」。

45 東方白致鍾肇政書簡所言，鍾肇政、東方白合著，張良澤編《台灣文學兩地書》（台北：前衛，一九九三年二月台灣版），頁一六。

[46]而作品一向極富哲理性的東方白，在小說中注入了他的人生哲學、宗教思想、人道精神，凸顯了「愛」的主題，自言：「我的小說的主題是愛、諒解、寬恕，絕不寫仇恨、殘酷、暴戾等等。」[47]不斷地帶給人思想上的啟發與感動，諸如〈魂轎〉、〈黃玫瑰〉、〈蛋〉……等，都是愛與寬恕的傑作，使讀者感受到愛與關懷，從而領悟人道精神的基本意涵；至於〈臨死的基督徒〉、〈□□〉和〈絕〉之類，帶有深刻之道德批判，留下一片恢閎反省的空間。

關於作品好壞，東方白認為，端看作品是否具有「獨立的思想」與「特異的觀點」。[48]而獨立的思想是文章的靈魂，沒有的話只是文章的堆砌，有了之後才化成生命，耐人尋味。東方白深諳「**形式的精鍊可以使人成『匠』；內容的深遠則可使人成『家』**」之理，[49]他重

---

46 東方白認為，偉大的作品都蘊含終極關懷的宗教思想，因為宗教是人生的最高境界，只有達到這層次的作品，才稱得上文學的極致。以上參閱歐宗智《多少英雄浪淘盡——「浪淘沙」研究與賞析》（台北：前衛，二〇〇五年五月初版），頁二一七—二一八。

47 東方白致鍾肇政書簡所言，見鍾肇政、東方白合著，張良澤編《台灣文學兩地書》（台北：前衛，一九九三年二月台灣版），頁一七。

48 《真與美》第一冊，頁一九八。

49 見佛斯特（Edward Morgan Forster）著、李文彬譯《小說面面觀》（台北：志文，一九七三年九月初版）譯序，頁三。

視作品的思想性，謂文學大致可分為兩種——「情」的文學與「慧」的文學。「情」的文學汗牛充棟，「慧」的文學鳳毛麟角，傳達了人類共通的世界性主題，像莊子寓言、陶潛〈桃花源記〉、列子〈愚公移山〉、芥川〈竹藪中〉、卡繆《異鄉人》、海明威《老人與海》……等皆屬此類，還說自己酷愛「幾何之美」的文學，所以也就寫出「東方白」式的短篇小說！這可能是「東方白」與台灣一般作家最不同的特點！[50]

可見東方白非常重視作品的主題與思想性，期能帶給讀者人生的智慧。事實上，東方白嗜讀叔本華哲學，[51]平時亦有筆記沉思所得的習慣，[52]都顯示其對思想的濃厚興趣。當然，小說思想的深刻與否，往往也正是衡量作品水平高低的主要標尺。所以東方白早期即已效法托爾斯泰，用有趣動人的文學形式，表達心中的哲學思想，寫了為數不少的寓言小說，

50 見《東方文學兩地書》東方白致歐宗智函（二〇〇三．一．三〇），《台灣文學評論》第九卷第四期（二〇〇九年十月），頁一三七。

51 西方哲學方面，用散文將「人生一片苦海」與「慾望肆虐一切」的概念表達出來的叔本華，最能引起東方白熱烈的共鳴。見《真與美》第二冊，頁二六七。

52 東方白已出版的沉省錄包括《盤古的腳印》（台北：爾雅，一九八二年五月）、《夸父的腳印》（台北：前衛，一九九〇年十二月），此外，真理大學台灣文學資料館於二〇〇一年起發行的《台灣文學評論》季刊，迄二〇〇七年四月計連載東方白以「思想起」為題的沉省錄二十四回。

如〈臨死的基督徒〉、〈黃金夢〉、〈十三生肖〉、〈池〉、〈尾巴〉……等，乃至近年的〈網〉、〈色〉皆是，透過結合神話的誇張、非理性的形式，篇篇寄託寓意，乃「文學哲學化」兼「哲學文學化」的具現，在當代華文世界中，堪稱難得一見。彭瑞金指出，東方白擅長寫寓言小說，顯示他對人生至深的課題，包括生死大限都在不停地思索，不斷地以寓言的形式表達出來，啟人深思。[53]東方白之重視作品思想性，在在豐富小說的內涵，也提升小說的層次，並且超越「時空」，具備了優秀文學的普遍性。

此外，「生與死」的長期思索，使無神論的東方白與宗教結緣。[54]諸如：「死——對當事者是一種解脫，對近邊人是一種紓緩。以這兩點觀之，并不是一件絕對的壞事。」[55]他也引用叔本華的哲句：「對死亡的恐怖，是哲學的開始，也是宗教的究極原因。」[56]陳燁指出，東方白由於對「生」的無法解釋，對「死」的無法了解，註定他此生與宗教結緣，「因

53 彭瑞金《台灣新文學運動四十年》（高雄：春暉，一九九八年十一月再版），頁一八三。
54 《真與美》第二冊，頁一六九。
55 東方白〈思想起〉，《台灣文學評論》第二卷第四期（二〇〇二年十月），頁二一〇。
56 《真與美》第二冊，頁二六八。

為人生一片苦海，只有宗教能撫慰創傷，帶來平靜。」[57]東方白之接近宗教，是為了尋求人生的解答，安穩自己的心靈，但他並不迷信，他主張宗教乃「不可知論」，謂：「堅決固執的『無神論』與不經體驗的『有神論』兩者同屬『迷信』，要之，人人都應以『不可知論』（agnosticism）做為宗教的起點，所謂『由疑入信，其信乃真』！」[58]加以他說：「偉大的文學作品都有宗教做其背景，才使作品顯得雄渾而甘美，因為宗教是人生的最高境界，只有達到這層次的作品，才稱得上文學的極致。比如《戰爭與和平》、《復活》、《悲慘世界》、《罪與罰》、《神曲》、《浮士德》……等等，都是很好的例子。」[59]由此可知，東方白作品之充滿引人深思的宗教情懷，[60]短篇小說如〈天堂與人間〉、〈孝子〉、〈東東佛〉、〈道〉、〈普陀海〉、〈如斯世界〉、〈空〉、〈殼〉、〈髮〉……等皆是，可謂良有以也。再如近期的〈網〉充滿了道家的哲學意味，展現出物我之間微妙的關係，深具象徵

---

57 陳燁〈文學僧〉上篇，《聯合報．聯合副刊》，一九九四年一月十四日，三十五版。

58 《真與美》第二冊，頁一九一。

59 東方白《夸父的腳印》（台北：前衛，一九九〇年十月初版），頁五八。

60 參閱歐宗智〈崇高的宗教情懷與特殊的小說語言表現——論東方白大河小說「浪淘沙」的寫作特色〉，《東吳中文研究集刊》第九期（二〇〇二年九月），頁二八三至三〇〇；以及歐宗智〈東方白小說對於宗教的反思——透過神話與傳說的轉用〉，《文學台灣》第四十八期（二〇〇三年十月），頁二四三至二四九。

意義；〈命〉則點出天命難違的主題，充滿警世意涵，這都是東方白小說求善以安人的體現。

四、求美以動人

東方白向來主張內容與形式必得兼顧，不但在思想上帶給人善的啟迪，在藝術上也要具有美的感染力。他在《臨死的基督徒》自序裡，表白認同托爾斯泰的論點：「將感動你的事物，透過純熟的技巧，用最合適的形式把它表現出來，以達感動別人，而令別人也感受到你的那份情緒。」[61]雖然政治小說容易流於重內容而輕形式，但他與從事社會運動的小說家林雙不對談時表示，他不反對政治小說。[62]東方白於一九七三年至一九七四年，曾以「太史孫」為筆名，在北美洲發表《ＯＫ歪傳》，[63]以滑稽突梯的筆觸暴露台灣戒嚴時期政治權力結構的虛妄性，以及凸顯剛剛萌芽的微弱的自尊。[64]這是十足的政治小說，不過，亦如李瑞

---

61 東方白《臨死的基督徒》（台北：水牛，一九六九年三月初版），頁三。

62 《真與美》第六冊，頁一六二。

63 東方白《ＯＫ歪傳》（台北：前衛，一九九一年十一月初版，二〇〇〇年五月重新再版）。

64 見彭瑞金〈政治文學的壽命——兼論「ＯＫ歪傳」〉，《ＯＫ歪傳》書序，頁Ⅲ－Ⅳ。

騰所言，「既然名為『政治小說』，『政治』是很重要，『小說』也不容許有絲毫的忽視，唯有二者渾融一體，才真正能發揮『政治小說』寫作的目的。」[65]東方白所強調的也是政治小說裡的藝術性，[66]關於政治與身分認同的〈島〉、〈奴才〉、〈古早〉、〈我〉、〈所羅門的三民主義〉等皆是這方面的傑作。

在接受林育卉訪談時，東方白強調「一個作者的責任就是把已存在的故事藝術化，把他移花接木」，[67]並且進一步譬喻：「十個故事發生在十個人身上，但不能寫十個人，那太麻煩，讀者也記不了，而為了達到戲劇化，就把十個人的故事放在一個人身上，這就是藝術化，藝術化就是把故事綜合在一起，凝聚成一滴蒸餾水一樣……」[68]足見東方白非但要求創作的內涵，同時也十分講究文學技巧，重視作品整體的完美，小說家李喬即向讀者推薦東方白的短篇小說，理由是：「圓融的觀照，晶瑩的文體，完美的短篇小說。」[69]

65 李瑞騰《文學關懷》（台北：三民，一九九二年十月初版），頁一二。
66 《真與美》第六冊，頁一六二。
67 林育卉〈當代成名作家訪談錄——訪東方白〉，《台灣新文學》第七期（一九九七年四月），頁一九。
68 同前註。
69 李喬《小說入門》（台北：時報文化，一九八六年三月初版），頁二九八。

文學表達技巧方面，東方白是自覺的，他認為，能夠真正「感動」作者與讀者的才算是好作品，而且，「在感動自己與感動別人之間，有一條溝通的橋，那就是技巧。」[70]可見東方白是努力著把感動自己的東西，寫得也能讓別人有相同的感動。當然，如何搭好作者與讀者之間那一條「溝通的橋」，是十分重要的。一般而言，東方白選擇的藝術表現形式為古典的、寫實主義的，[71]且相當重視小說結構與技巧，以東方白「最愛」的一篇小說〈黃金夢〉為例，[72]作者自言在這小說「故佈疑陣」，首先以題目的「夢」字開始，處處引導讀者相信小說主角金來所等的「黃金」乃是「虛幻」的，未料「黃金」卻是「真實」的，讓讀者感到第一次驚奇；其次叫土地公在另一小說主角南山身上顯形，連南山本人也懵然不知，事後才發現原來金來說的不是「瘋話」，而是「真話」，讓讀者感到第二次驚奇，[73]這種「真實／

70 方群〈滾滾江流浪淘沙——專訪本屆吳三連文藝獎得主東方白〉，《聯合報．聯合副刊》，一九九一年十一月十七日。

71 東方白曾引用王安憶的說法：「小說是寫實的藝術。」見東方白〈思想起〉，《台灣文學評論》第三卷第一期（二〇〇三年一月），頁二〇七。

72 《真與美》第五冊，頁二二三。

73 《真與美》第五冊，頁二二五。

虛幻」的對比，充滿了耐人尋味的象徵意義。

又如被喻為「六〇年代台灣現代主義文學的高峰」的〈□□〉，東方白運用戲劇手法，幾乎不必修改已是一齣扣人心弦的三幕劇，乃小說藝術之精緻呈現。再看描繪中國老兵阿富的〈奴才〉，作者以「奴才」為題，並非批判或嘲謔，而是另有深意。正如應鳳凰所言，阿富孑然一身老境孤苦，更令人同情的是：即使離鄉多年，他仍認定若非錢財贖身，則永世都是奴才，死後也不能倖免，其忠心讓人感動，其愚魯令人悲哀。此篇不僅描繪一個堪憐的中國老兵，從他身上更看到階級觀念的牢不可破，身分制度之難以逾越。換言之，人為制度、階級、身分常是無形枷鎖，耗盡一生都掙不開擺不脫，阿富可以是一個例子，也是一面鏡子。至於寫祖孫親情的〈魂轎〉，全篇層次分明地營造了兩個世界——現實的世界以及神靈的世界，結構細密而完整。[74]此外，〈黃玫瑰〉主題前後呼應，合為一氣，不但情摯動人，也形成了完美的敘事結構；〈頭〉裏面，半世紀之後那環繞著沈氏頸骨的螺旋絲線，恍如翠玉的項鍊，在炎陽之下閃閃發亮，無疑是愛情偉大永恆的具體象徵；堪稱「超現實」情色小說的〈色〉，通篇圍繞著「色」，實則讀之絲毫不覺其色，其想像力令人嘆為觀止。諸如此

74 見本書應鳳凰〈魂轎〉導讀。

類，在在皆東方白用心構思所致之。

大抵而言，東方白的小說寫實而不故弄玄虛，讀者不會覺得有隔，多數像〈奴才〉這般，採用的是看似「沒有技巧的技巧」，[75]也就是所謂的「見山又是山，見水又是水」或是老子的「大巧若拙」。東方白說：「藝術總會回歸的，回到原來的形式，稍加變化而已，一百年來的抽象畫留下幾張傑作？一百年來的意識流文學留下幾本傑作？恐怕一切又捲土重來，回到從前的古典路子去。」[76]又云：「後現代的作品我也試著去看，但是還是沒辦法像古典的東西那麼吸引我，不是說作品差，而是無法感動我。」[77]然而東方白的創作觀念絕非保守，他對於「美的追求」是毫無疑問的，他曾有以下的妙喻：「好的文學應如好的食物，第一要好吃；第二要有營養。」[78]換言之，文學是既要「營養」（內容）也要「好吃」（形

75 季季語，東方白短篇小說〈奴才〉被選入書評書目版《六十八年短篇小說選》，季季的編選評語是：「〈奴才〉雖不講求技巧與結構，卻能讓讀者在閱讀時感覺到『沒有技巧的技巧』和『沒有結構的結構』。」見《真與美》第五冊，頁八九。

76 東方白〈思想起〉，《台灣文學評論》第三卷第一期（二〇〇三年一月），頁二〇五。

77 胡文青〈風櫃裡的晤談——感性東方白〉，《台灣文藝》第一五八期（一九九六年十二月），頁一三〇。

78 東方白〈思想起〉，《台灣文學評論》第三卷第一期（二〇〇三年一月），頁二〇七。

式）才行。再者，東方白對文學已經到達「潔癖」的地步，校對《浪淘沙》時，他告訴鍾肇政：「我對文學有非常人的清潔癖，一個多餘的句點，我都會受不了。」[79]由此不難看出東方白於藝術之美的高度追求。當然，其不斷致力於本土語言之寫定，無不字斟句酌，力求貼切，亦可視為提升藝術美學的具體作為。

五、台灣文學精彩的一頁

綜觀之，故事性強、思想性高、表現力求藝術化，乃是東方白小說主要特色。東方白自完成《浪淘沙》以來，創作力相當驚人，陸續出版了文學自傳《真與美》七大冊、小說集《魂轎》、《小乖的世界》，以及長篇小說《真美的百合》，並自二〇〇四年起著手進行的「精短篇」小說寫作計劃，作品在在彰顯其真善美的一貫特質，篇篇精緻，可謂千錘百鍊，質量皆佳，除了早期代表作〈臨死的基督徒〉、〈□□〉、〈黃金夢〉，以及備受矚目的〈奴才〉和《浪淘沙》之後的〈魂轎〉，這一系列別具格調而迄未成書的「精短篇」作品，都收錄在這冊短篇精選集之中。

79 鍾肇政、東方白合著，張良澤編《台灣文學兩地書》（台北：前衛，一九九三年二月台灣版），頁三〇一。

惜二〇〇七年二月東方白愛妻ＣＣ病故，原本積極樂觀的東方白生活頓失依恃，無心提筆，預計以十年完成精百短篇的寫作計劃為之中輟，[80]令人扼腕！非常期待東方白度過人生低潮後，重拾彩筆，勿讓這冊短篇精選集成為東方白文學生涯的句點，能夠繼續創作出求真求善求美的精短篇，以饗「偉大的讀者」，[81]再次攀登另一文學高峰，寫下台灣文學精彩的篇章。

80 見《東方文學兩地書》東方白致歐宗智函（二〇〇五．六．三〇），《台灣文學評論》第十一卷第一期（二〇一一年一月），頁一五六。東方白說：「『精百系列』之靈感起於二〇〇三年二月十四日，那時右眼先開了白內障，在等待開左眼的一個月當中（不能看書），乃突發奇想，何不計劃十年，集中精力，創新寫作自己設計的精短篇？學《十日談》，以一〇〇篇做指標，可以形成有力的文學集合體，稱『大河精短』也可以，由於集滴成河，仍然會有大河之氣魄，何樂而不為？」

81 《浪淘沙》三大冊問世後，《民生報》曾刊出一篇四格漫畫「幽作家一默」，明顯是針對《浪淘沙》而來，漫畫內容是一位男作家花了十年，完成百萬字的鉅著，他問某位女士：「這是不是偉大的小說？」女士起先回答不知道，卻又幽默地加上一句：「不過，能看完你著作的，一定是偉大的讀者。」教人發出會心一笑。以上見《真與美》第六冊，頁一三一至一三二。

東方白短篇精選

〈臨死的基督徒〉

公元三百一十五年的一個早晨，羅馬郊外望得見台伯河以及聳立在河邊的圓形哈得理鹿堡的梵蒂崗山上，有六個迦太基奴隸豎起兩個十字架，受刑的死囚原屬於君士坦丁大帝率領；曾經看見上帝顯靈懸在空中發光的十字架；後來征服了爭王位的叛軍的皇軍兵士，他們的罪名是——「逃兵」與「搶劫」。

這兩個強盜在上帝顯靈的一刻，恰巧都在帳棚裏瞌睡，致使在基督教史中用輝煌的大字記載著的神蹟之下，喪失了兩個也許是非凡有力的見證人。這兩個中的一個叫克力斯丁的強盜，聽了夥伴們對「發光的十字架」的描述之後，接受在軍隊裏秘密傳教的神父的洗禮，宣誓正式做了基督徒；而另外一個叫賀爾西的強盜卻以沒有親聞目睹不足取信的理由拒絕受洗，繼續過他的「懷疑論者」的生活，他時常對諸如克力斯丁——不曾對聖靈有過親身體驗的信徒——說：「假如你只聽了別人述說十字架就相信耶和華，你會不會也為別人描繪金字塔而改信太陽神？」

十二個掛羅馬方盾、手握長矛、腰間佩寬刃短劍的執行吏與幾個閒來無聊圍著十字架觀望的吉卜賽乞丐，經過三天三夜不耐煩的苦待之後，終於看見克力斯丁懷著靈魂獲得拯救的安閒神情悄悄瞑目，而那個自始至終用輕蔑的眼光去看世事與宗教的懷疑論者——賀爾西，一直保持著倔強的態度等待死神來臨，直到最後快死的時候，人們才看見他那表現著傲慢的黝黑的臉，忽然變做一種虔誠的蒼白，他舉起無力的眼睛仰望渺茫的蒼天，似乎在做囈語，然後把頭垂到胸前，他死了，由於他聲音的微弱，在場的羅馬執行吏以及吉卜賽乞丐，誰也聽不清他在死的那一刻究竟說了些什麼？

這一年的「耶穌受難日」，耶穌照例穿著他臨刑前穿的紫袍，戴猶太人給他的荆冠，徘徊在天堂與地獄的邊界，懷著沉痛的回憶，聆聽從地球上的教堂桃形窗口傳來的悲歌與哀禱，三百年的長時間並未抹去祂心中的創痕，祂兩隻手腕被鐵釘戳穿的傷口似乎還在隱隱作痛。

忽然在那像微風飄著的肅穆的宗教歌聲裏滲入了一陣不規則的慘泣聲，耶穌輕盈地把蓋著波浪形長髮的頭轉過去對著哭聲所來自的地方，祂發現兩個被梅菲底斯管轄的生有羊的細腿與一小撮尾巴的魔鬼正用彎成骷髏形的鎖鍊想把一個手腕也跟祂一樣留著鐵釘傷口的罪人拉進地獄。這人就是那個因搶劫而上了十字架的懷疑論者——賀爾西，他全力抱住分隔天堂與地獄的界碑，那碑上畫著兩根相背的箭頭，指向天堂的箭頭上寫著：「過此界者，獲得一切永生。」而指向地獄的箭頭下卻寫著：「過此界者，放棄一切希望。」[1]

耶穌看見呻吟的賀爾西的手腕上還在繼續淌血，一陣慈悲的情緒流過祂全身，於是忍不住地向他走去。

「這沒有你的事。」其中一個魔鬼說，由於耶穌頭上放射著強烈的靈光，使他不得不閉上眼睛背對耶穌。

「神愛罪人。」耶穌說，更向他們走近。

「但他殺過人，放過火。」第二個魔鬼說，他的眼睛比第一個更脆弱，他用那握著鎖鍊的手去遮蓋眼睛。

「而且公開詆譭上帝。」第一個魔鬼嘲謔地補充道，並報復地偷窺了受窘的耶穌一眼；可是立刻又背著祂，也用手把眼睛遮蓋起來。

耶穌聽了最後一句話，眉宇一皺，顯出一副極度難堪的表情。祂正想走開，但賀爾西已經抓住祂的紫袍，吻祂的腳，把眼淚灑在祂的腳上，又用鬍子把它們擦乾[2]，然後哭道：

---

1 語出但丁《神曲》地獄篇。

2 典出《聖經》，該女人名馬利．馬格達蓮，今賀爾西無長頭髮，故以鬍子頂替。

「主呀，只要你願意，你可以救我。現在我只哀求你聽完我的話再走。」

究竟耶穌是慈悲的人，忍不住賀爾西的哀求，只好從懷裏掏出兩隻細如針的鐳十字架，投向那兩個魔鬼。小十字架在空中忽然變大，閃著燦爛的光芒，等到壓在兩個魔鬼身上的時候，十字架已變得像梵蒂崗山上仍然豎著的那兩隻木十字架一樣大了。

「主呀！請憐憫我這一個罪人，」賀爾西繼續說，「我寬恕的主，我承認我的罪行，我確實殺過人，放過火，而且公開詆譭上帝……可是我在臨死前，用最後一口氣虔誠地向上帝禱告，我說：『我們在天的父，願你的國降臨，我——賀爾西是個萬惡的罪人，如今我向你懺悔，今後我相信你是萬物的創造主、世界的王，請你伸出憐憫的杖，赦免我的罪，拯救我可憐的靈魂。』發慈悲的主，你不是曾在橄欖山下對一羣固執的法利賽人說：『無論何時，只要你相信上帝，向上帝懺悔，你就能得救。』嗎？我在臨死前眞心相信了上帝，並且眞心向祂懺悔，難道我不該得救嗎？」

耶穌躊躇了片刻，記起三百年前在拿撒勒旁的橄欖山下確實對法利賽人說了賀爾西提醒他的話，於是祂溫柔地問道：

「那麼，替你施洗的神父是誰？」

「我沒有受洗。」賀爾西回答。

「不過你總該告訴我，你向上帝懺悔時，有誰做你的見證人？」

「我沒有見證人。」

耶穌那像少女一樣幼嫩的額角出現了深深的皺紋，祂悲哀地嘆一口氣，又打算走開。

「我憐憫的主，請你再聽我一句話，」賀爾西說，又拉住耶穌的紫袍，吻祂的腳，灑著淚，再用鬍子把它們擦乾，然後繼續說，「假如我生前的罪惡阻我進天堂，為什麼與我犯同樣多的罪行，甚至多了我一件比什麼都更不可饒恕之罪的克力斯丁可以進天堂？」

「咦？克力斯丁不是施過洗，宣誓做了基督徒嗎？我父從不會遺棄在教冊上登記過名字的罪人。」

「智慧的主，正因他施過洗，宣誓做了基督徒，所以才犯了比我更不該進天堂，比我更該下地獄的罪。」

「什麼罪？」耶穌焦急地問。

「欺詐罪——對上帝無可饒恕的欺詐罪。我公正的主，克力斯丁施過洗，又宣了誓做基督徒，過後卻破了摩西的戒律，難道不是有意冒犯上帝嗎？假如他可以進天堂，為什麼比他少一件欺詐罪的我不能進天堂？」

一種天界裏的痛苦絞著耶穌溫柔的心腸，祂沉思了很久，對賀爾西溫和地說：

「救赦罪人是我父的權柄，現在我必須回到我父的右邊，待我慢慢把你的事向祂陳情後再給你回音。」

第二年的耶穌受難日，耶穌照例在聽過地球的歌聲與禱告之後，走到賀爾西的身邊，對他說：

「我父還在考慮，以後再給你回音。」

第三年，第四年……仍是一樣。

「那是確鑿可證的——」一位笑容可掬，戴著假髮，給人類留下了微積分與單子論的可愛又可敬的哲學家[3]說道：「世界除了現狀之外，不可能再有其他更完美的形式，萬能的上帝為我們安排了如斯美好的世界，每件事物都有它的目的；而且是唯一奧妙不可言喻的目的。」[4]

你們不看見嗎？「鼻子生來是為了戴眼鏡的，因此我們有了眼鏡。腳是生來為了穿襪子

3 萊布尼茲。
4 語出萊布尼茲《形而上學導論》。

的，因此我們有了襪子。」[5]月缺是為了烘托滿月的光明，因此我們有了光明的滿月。「猶大是為了宣揚耶穌的博愛，因此人類有了博愛的耶穌。」[6]而可憐的賀爾西也許是為了給我們一點疑難與啟示吧。

在差不多兩千年後的今天，賀爾西仍然抱住那畫著兩隻箭頭的界碑。假如你幸運能在耶穌受難日進入天堂的話，你將會看到耶穌仍然穿著紫袍，戴荆棘冠走到賀爾西的面前對他說第一千六百×十×次的：「我父還在考慮，以後再給你回音。」

一切都像開始一樣，天堂與地獄中似乎沒有時間的痕跡。魔鬼也一樣——仍牢握著繫住賀爾西，彎成骷髏形的鎖鍊……只是壓在他們身上的兩隻鐳十字架，經過將近一千六百九十年的冗長時間後，它那本來是燦爛奪目的光彩已減低了一半。[7]然而，到它完全喪失光芒變成灰色的重鉛，似乎尚需一段漫長漫長的歲月。

---

5 語出伏爾泰《孔第德》（*Candide*）。

6 語出萊布尼茲《形而上學導論》。

7 鐳之半衰期為一千六百九十年。

〈臨死的基督徒〉導讀

◎歐宗智

〈臨死的基督徒〉是東方白少數幾個最愛的兒女之一，因為是最早誕生的，所以對他又具有以後諸兒女所沒有的特別深摯的感情，最後還成了他第一部書的書名。此篇修改重寫，經過七次退稿，才終於在《現代文學》刊出。雖然如此，東方白的多數朋友卻認為，這是他作品中最好的一篇；其主要原因正是篇中所探討的思想哲理。

此篇採用寓言形式，寫兩個犯強盜罪的死囚，一個是克力斯丁，因受洗成為基督徒而懷著靈魂得救的安閒心情，悄悄瞑目；另一個是輕蔑宗教的懷疑論者賀爾西，直到臨終前才徹底懺悔自己是萬惡的罪人，相信、承認耶穌是萬物的創造主，詎料因為並無神父為他施洗，懺悔時也沒有見證人，這時對於他是否得救，耶穌竟愛莫能助，表示必須先請示天父。結果年復一年，耶穌始終告知，天父仍在考慮，還沒作成決定，於是可憐的賀爾西只能守在界碑處，無法進入天堂。

東方白藉由這個寓言故事，對本應講求內在修為的宗教卻囿於世俗形式的僵化，提出深刻的嘲諷與嚴厲的批判，呂興昌指出，〈臨死的基督徒〉用心之處不在宗教本身，而是企圖對世俗化、形式化的宗教儀式進行嘲弄，認為人安身立命（所謂靈魂得救）的契機，並非外在有形的動作（施洗、見證），而是內心深處（臨終一刻的徹悟）所表現的真誠。像這樣對於宗教的探討，一直是東方白小說的重要主題，發展至大河小說《浪淘沙》，更有了全面而深入的思考。

台灣文壇耆老葉石濤曾對作家的處女作，提出以下見解：「大凡從一個作家的處女作，能看得出來這作家的稟賦，潛藏的才華、風格、氣質等諸要素，並能預知這作家將走的路徑和命運，委實很少作家能完全擺脫處女作的束縛，跳出了它的限囿。……如欲解開一個作家作品的秘密，闡明他作品的意義，顯然處女作是較佳的鎖鑰。」東方白〈臨死的基督徒〉，其寓言虛構風格以及內容之思想哲理性，正是其短篇小說之一大特色，讀者從中當可對東方白小說世界得到進一步的掌握與了解。

〈□□〉

一、她會原諒我的

在咖啡館客人稀疏的二樓，一塊古松的屏風把一個安靜的角落與其他的座位隔絕了。他與她對坐在低矮的膠皮沙發上。檸檬色與葡萄色的柔光從望不見的天花板的空隙瀉下來，描繪出壁上一尊石膏塑的側浮雕：一個裸體美人偃臥在海灣裏的一株獨立歪斜的椰子樹下，仰望天上一彎明月。那月亮遙對著兩顆金色誇張的五角形星星。

「那麼，妳是說要我當妳的情人？」他說。他把瘦長的手臂筆直地伸出去，把抽完的菸蒂擠熄扔在菸缸裏，又慵懶地將全身的重量靠在高出人頭的椅背上，抬頭去望那尊優美的浮雕。他的目光停留在那美女的胸部……

少女沒有說話。她的雙手一直交握在裙子裏，雙眼盯住鑲在玻璃墊下的錫箔剪的圖案……

放在玻璃墊上的兩杯牛奶咖啡早已冷卻了。

「兩年前我也有過一個情人，她很像你。」

她抬起頭來偷看他。他的視線一直沒有從那雕像的胸部移開……

「但她已經死了。」

他的目光很快地從壁上斜劈下來。他希望能夠看見他的話在那少女的臉上可能引起的變化。但她即刻習慣地把頭垂到胸前，把她的表情與心境隱藏起來。

「我不能做妳的情人，因為妳令我想起她，也想起了我對她的誓言。」

「但你可以做我的哥哥或任何一種親人……」

「什麼樣的親人？」

「一種形式上的……」

「我還沒有完全懂得妳的意思。」

「給我做一個保證……」

「什麼樣的保證？」

她迅速地瞟他一眼，隨即把眼睛深閉了一會兒，遲疑著。

「醫院的……」她把這三個字困難地、慢吞吞地說出來。

他注視著她。她有一種出身高貴家庭與受過高等教育的嫻雅儀態，她那美麗的高額從樸素地梳著的高中頭髮露出來，顯示著那種未曾與社會接觸的單純與聖潔，但她的眼睛裏卻充滿遭受過創傷的女人的悲哀。

「妳有動手術的必要嗎？」他試探性地問。

她默默地點頭。

「妳難道找不到其他人？」他聲音更低地問。

她默默地搖頭。

「我懂了。」

她抬頭望他，露出一臉驚訝的表情，好像不相信她自己的耳朵似地。

「妳戀愛過——」

「妳懷孕了——」

「他走了，也許……」

「於是妳找到我。」

他從沙發站起來，他的臉正對住牆壁的浮雕，彷彿對浮雕的女人說話：

「她會原諒我的，我願意再做一次情人。」

二、這不是妳的錯，那是上帝的錯

那扇雕刻著粗劣的花紋、毛玻璃用密密的鐵絲網保護的大門終於開了。好像費了很大的力氣才被打開。一塊光線立刻從門縫裏切出來，他聞到一陣強烈的麻醉劑與福馬林的混合味道。

一個護士的頭探出來，那少女迎上去。

「妳找到人啦？」護士說。

那少女躊躇了片刻才點點頭，會意地回望站在黑暗角落裏的他一眼。

「就是他嗎？」護士問。用猜疑與好奇的目光把他從頭到腳打量一遍。她發覺他在對她微笑。對於這樣悠閒的態度，那護士似乎大吃一驚。

「請快進來，請快進來。」

門僅開到容許一個人通過的寬度。兩個人進去後，門又重重地關起。

這原是一家牙科醫院。從那遮蘗的小窗可以望見壁上幾張牙齒的精細圖表與畫著頭骨的解剖圖，為醫治牙齒而設的自動椅與旁邊的那套馬達車床都用布細心地包紮起來，顯然這套器具才被棄用不久。

護士走進與候診室隔開的病房裏。他們靜靜地坐在候診室裏的唯一的一條木條凳子上。他已逐漸習慣了屋裏濃烈窒息的空氣。

醫生走出來。一個年輕、矮小的瘦子。他有與他的短臉不協調的高額，兩眉之間深刻著三道皺紋。他戴一副黑框粗大的眼鏡，眼睛好像受過火傷似地不到兩秒鐘便很快地眨動一陣子。他的後面跟著替他們開門的那位護士。從病房傳出呻吟聲，顯然醫生是從病床旁邊被叫出來的。

「妳中午說的就是她嗎？」醫生回頭問他身後的護士，護士做一個肯定的表示。他又轉過頭來，看見他與那少女已經從凳子上站起來，立刻改變成一副和善的臉孔說：「請坐，請坐，那麼我們現在就填保證書。」

他沉默了一會，眨動一陣眼瞼，又神經質地轉回身，用一種嚴厲的音調對護士說：

「秀蘭，快把保證卡片拿來，站著做什麼？」

護士不見了。醫生又恢復和善的聲音對他們說：

「對不起，我現在正有病人，而且我們只有一個護士……我不能躭擱太久的時間，你們可以在現在問我一些不明瞭的問題，譬如說，關於手續上的或是費用上的……我猜——」醫生遲疑地瞟少女一眼，露著勉強的笑容繼續說：「這位小姐中午已問得非常詳細了。」

少女的臉紅到耳根。

「這不是妳的錯。」醫生說。以長久訓練出來的職業上不可或缺的慈藹的態度接著說：「許多比妳年輕，也有結過婚的太太們都來找過我。我願意為一些可憐的女人服務。秀蘭！怎麼還不快點把卡片拿出來。」

護士終於拿了兩張卡片出來，以備萬一填錯一張時可以用另外一張。醫生從護士的手中奪過卡片，遞給他。他一會兒便把全部空欄填滿，並沒有用第二張。

他把卡片遞還給醫生，醫生脫掉眼鏡，把卡片放置到跟鼻子很近的距離瀏覽了一遍。戴上眼鏡，客氣地說：「現在只剩下手續上的最後一部分了。請你把身分證拿出來讓我對照一下好嗎？」

「我沒有帶身分證。」

醫生皺起額頭，他的兩道粗濃的眉毛連結在一起。

「但我有學生證。」

「你是學生？那麼讓我對照一下學生證也好。」

他從懷裏掏出綠色的小簿，遞給醫生。醫生看了一會兒小簿，又望望他……慢慢地，醫生的臉色變得蒼白了。醫生拿著學生證，不知所措地呆立了半晌，這其間他一直冷漠地注視醫生。忽然，醫生大笑起來。

「哈，哈，……你進來時我已猜到你是學生，而且可能是醫學院的學生。」

醫生把學生證還給他。他在把它放進衣袋時，醫生拍著他的肩膀，以一種表示諒解與妥協的聲調說：

「你知道，有時人不免會為某種原因做出道德與法律所不容許的事情。哈，哈，哈……這點你自己一定十分了解。」醫生意味深長地望了他一會兒。「也不是我願意這樣畏首畏尾，實在是一點點經濟上的困難，加之……我十分同情一些可憐的女人。」

「我並不以為墮胎是一種不道德的罪行，與其叫女人去自殺，墮胎要道德得多。」

「哈，哈，哈……這就是了，這就是了。」醫生完全忘記了自己的尊嚴，更用力地拍他的肩膀，同時更急遽地眨動他的眼瞼。「關於這點我們算是完全同意了。我一定盡我的力量為你們效勞，請你們明晚早一點來。」

「為什麼？為什麼不是現在？」他迷惑地說。

「噢，對了！我忘了告訴你，我這兒只有兩張病床，而現在已經有人了。我還是希望你們明晚早一點來。」

「為什麼不早告訴我這點？」他憤懣地說。

「哈，哈，哈……年輕人，這不是我的過錯。我竭誠希望你們明晚早一點來。」

他們離開了醫院。他們走在路上的時候，他首先開口問她：

「那麼，妳中午已經來過了？」

少女沒有回答。

「是誰介紹妳來的？」

「一個比我高一年級的同學。」

「她也跟妳同樣情形？」

她點點頭，然後補充一句：

「她的男朋友帶她來的。」

「而妳的男朋友卻離開妳。」

他轉頭去望她，她把頭垂到胸前，望著自己的腳尖走路。

「我也要學那醫生說：『這不是妳的錯。』那是上帝的錯。」

他在越過一個十字路口時沉默了片刻。過了十字路口，又繼續說：

「每年總有幾個女學生由她們的男朋友帶來我們的醫院要求墮胎，我們不得不為她們服務，雖然那也一樣是犯法的……可是，她們是我們的同學，我們只好為她們服務……為什麼人要訂出這樣愚蠢的法律來束縛自己？誰製造出這種違反生物自然定律的道德？那是上帝的錯，上帝在每秒每秒鐘為人類製造悲劇。」

少女傾聽著這一切，沒有說一句話。

他們來到燈光輝煌的大街，他忽然像憶起什麼似地問她：

「今晚妳要住在哪裏？」

「我不知道。」

「我猜妳不是住在台北。」

她點點頭，補充地說：

「我從很遠的地方來。」

他停下腳步，低頭注視她。過了一會兒才說：

「這一點我十分了解。」

他們走離大街，前面展開一條黑暗寂靜的人行道。他們走了一長段路，最後在一張冰冷的石凳上坐下來。

「我可以替妳找一家旅社。」他突然說。

「我並沒有準備在這裏過夜。」

「但妳必須如此，所有的車子都停駛了，而且妳是從很遠的地方來。」

少女托著腮沒有回答。

「妳的身分證呢？」

「我沒帶身分證。」

她驚訝地瞪著他回答。

「那麼妳有學生證？」

「我也沒帶學生證，我只帶了錢。」

他側過臉去，把她從頭到腳又打量了一遍，他相信他能清清楚楚地看見她，其實他什麼都沒有看見，夜那樣深，而且晚上又沒有月亮。

「假如妳敢像一個情人一樣到我的房間過夜，我願意把床讓給妳。我可以睡地板。」他最後說。

「你家裏的人呢？」

「我沒有親戚，我只有一個人，我自己租一個房間。」

「但是你的房東？」

「她不會說什麼，她是世界上第一等好人。」

「但是你的鄰居？」

「我不在乎他們，我已沒有多餘的時間去關心別人的閒言……到我的房子來吧。」

他們從石凳站起來，向他的住所走去。

三、你好像忘了明天的存在

「我恨他，這一生我永遠也不想結婚。」

一個窄小的房間充滿日光燈的藍色柔光。她坐在鋪著軍毯的彈簧床上，只脫掉那件綠毛線衣，其他的衣服還穿在身上。玻璃窗邊一張木炭臨摹的蒙娜麗莎似乎在對她微笑。他坐在地板上，背靠著白石灰牆，雙臂交插在胸前，沉思地抽著一支香菸，三個煙圈從他的口中吐出來，慢慢擴大，嬝嬝上升……

房東客廳裏的時鐘剛敲三下，房間裏除了從門隙溜進來的單調的鐘擺聲外，便聽不見其他聲音。

「妳不該恨他。」他說。

他頭頂上的三個煙圈被攪亂了，扭曲了，化成一團霧，逐漸消失……

「你在為你們男人辯護。」她說。

「妳該恨上帝。」他似乎不理會她，自言自語地說。

「為什麼？我不懂。」

「當初你們戀愛過。」他說，抬起眼睛望她。「我不相信愛的結合只是單方面的。妳不愛他嗎……我說的是『當初』。」

她臉紅了，垂了頭，一副萬分懺悔的神情——那裏面混合著愛恨交加的雙重意味。

「那麼顯然不是他強姦妳。」

她猛然抬起頭，睜著兩顆黑亮的眼睛望著他，為他剛才那粗魯的措詞而更加臉紅了。

「請原諒。」他歉意地說：「我認為一個名詞既被我們那恪守禮義的祖先發明了，而且印在每本最典雅的辭典上，任何人都可以使用它而不必感到臉紅。這兩個字可恥嗎？」

她默默無語，先前的驚異之色稍減了一些。

「妳不該恨他，我覺得他跟妳一樣可憐。」

她又感驚訝了，用全身的顫抖來表示她的迷惑。

「我不懂。」她說：「只有女人才是可憐蟲。」

「人類都是可憐蟲。」他站起來，把香菸擠在被用來當菸灰缸的舊呢帽裏，又坐回原來的地板上：「這分別只在妳是女人而他是男人；只在上帝創造人類的時候，使亞當的精子在夏娃的子宮裏受精、懷孕，以繁衍後代……請原諒我，我不慣於用虛飾的語言來表示胚胎學上記述的事實。請記住，我是一個醫學院的學生。」

「我並不在意，說下去吧。」

「萬一上帝使受精卵懷在男人的身體中，使男人承受生育孩子的痛苦，那麼現在該由誰去恨誰呢？在男女歡樂的片刻有誰能夠想到歡樂後的結果？有誰能想到？」

他沉默了一會又繼續說：

「『一顆被拋上空中的石頭，如果它有知的話，它會以為它在空中走的軌跡全是它自己的意志。』人類都是可憐蟲，他們都是工具。上帝賞給他們歡樂以收穫祂預期的結果——繁殖，無窮盡的繁殖。不能再繁殖了，就立刻被拋棄。人類以為這都是他們的意志，是因為結婚才生子；而其實是為了生子才結婚。上帝使人類喜歡繁殖，卻又叫他們去自訂法律跟自己為難……這豈不是矛盾？並不，這是祂的傑作。祂要叫女人去恨男人，祂要叫人類互相懷恨……一切罪過是上帝，每秒鐘每秒鐘祂都在製造千篇一律的悲劇。妳不該恨男人，妳應該恨上帝。」

「你說的我都不懂。」她說。

「但願妳不懂，假如懂了，妳將更加悲哀。」

他站起來，走到牆角，那裏放著一只提琴箱子。他打開箱蓋，拿掉蓋在上面的絨布，抓起小提琴，右手的拇指輕輕地在那四根絃上滑了一下，發出流水似的悅耳的琴聲，他又把小提琴放回箱子，蓋了絨布，正打算把蓋子蓋上。

「為什麼不拉一拉提琴？我很喜歡音樂。」她說。

「有一個聰明的哲學家說：『無聲是最美的音樂。』」他手扶住琴箱蓋，望著桌上封滿灰塵的帕格尼尼的半身胸像說：「所以我只在禮拜天才拉提琴，因為琴聲總比噪音安靜些。」

他把箱子蓋好，走到窗口，外面一片岑靜，天上的黑雲才消散不久，星星大而且亮……

他深深地歎了一口氣，把頭靠在窗櫺上說：

「夜便是最美的樂曲。」

她靜靜地望著他，臉上露出蘊蓄的微笑。

「有時你說話像一個哲學家。」她說。

「有時呢？」他急轉過身子對著她問。

「像一個法官。」

他向她的床邊走去……他突然發覺她蓋在秀髮之下的優美的高額是那樣地誘人，使人產生一種想去撫摸它們的慾望。

他在她的床前跪下來，伸手去摸她的額。她並沒有抗拒，只在他的手指觸及她時輕跳了一下，過後又用一種神秘而含羞的眼光望他。

「我的情人也曾經說過這句話。」他說。

他把棉被拉高，蓋住她露在外頭的頸項，並用手背去碰她的嘴唇……

「我喜歡你。」她頻頻眨著眼睛說：「假如我遇到像你這樣的好人，我願意結婚。」

他用食指去壓她的嘴唇。

「但妳現在應該睡了，妳好像只感覺有今天；而忘了明天的存在。」

他走出房間，站在通往小花園的迴廊裏。

月亮不知在什麼時候升上牆頭，照明了花園裏的一角。懸掛在竹竿上的盛開的美齡蘭顯得特別潔白可愛，他凝視了蘭花一會兒，用指尖去撫摸滴露的雄蕊，然後開始繞著小花園踱步……一直到屋裏的時鐘敲了六下，才走回房間。

少女一直不曾睡去，她清晰地聽見他走進來，躺在地板上，用一本厚辭典當枕頭，一件皮夾克做棉被。

那時天已開始破曉，巷口教堂的鐘聲在悠悠地響……

四、一切都會過去

他雙手交握在背後，在醫院那狹窄的候診室裏來回踱步。他已經好幾次抬頭去望掛在走廊盡頭刻著羅馬數字的大鐘，但每次總在看見那細長靜止的鐘擺時，才記起那鐘早已停了。

隔著一堵楠木牆，時時傳出病房裏的呻吟聲。慢慢地，他聽見了加急的呼吸聲……他停止踱步，靠在牆壁上諦聽。他用握緊的右手去搥著左掌。他緊咬住牙齒。

忽然他聽見兩聲劇痛的慘叫，他忍不住用手掩住耳朵，急步走到那冷清清的木條凳，坐下去。他把手掌從耳朵移開，蒙住眼睛……他發覺他在流淚，但一個六年級的醫科學生竟會為一個手術病患的痛苦流淚——這念頭令他覺得可恥。他很快地拭乾眼淚，做一次深呼吸，又勇敢地站起來踱步。

突然，他在幾聲破碎的呼痛聲後聽見那病床上的少女呼喚他的聲音。他衝到病房的門，那門用花玻璃鑲住，圍一塊白帘，他猛力地搥著門，玻璃彷彿要破成碎片……

「你不能進來！你必須等在外面！」裏面醫生嚴肅的聲音說。

「我是她的情人，我也是醫生，我有權利……」他說著，更瘋狂地敲門。

門開了，開門的護士退了三步，臉色驚得像一隻老鼠。

房裏沒有手術台，病床邊的白瓷盤上一堆鍍銀的手術工具都沾著血。在另一頭，一隻彈簧秤上的銅盤裏面是一大堆吸滿血的棉花。病人身上蓋一層白布，左手從白布裏伸出來，被縛在血壓計的橡皮套中。房裏只有那少女，那醫生以及那唯一的護士。

醫生嫌惡地望了他一眼，又轉回去，用帶有橡皮手套的雙手繼續工作。

他走到那少女的床邊，她看見他，熱烈地伸出自由的右手握住他伸給她的手掌。她的手冰冷，發著冷汗，她的臉色蒼白，呼吸急促。他以一種醫生的本能去按她的脈，他發覺她的脈搏比自己快兩倍，他意識到一個病人休克前呈現的症狀。

「我要死了，我自己明白，……我要死了。」她柔弱地說。

他對她微笑，以一種男子在女子面前表示勇敢的微笑來試圖使她安靜。

「一切都會過去。」他說，「我在醫院裏遇見了不知多少比妳更壞的病人。但是一切都會過去。一點點痛苦而已，就像一個正常女人生產時一樣……一切都會好過來。」

「你騙我沒有用，我知道我會死的，我預感到我要死去……」

他搖著頭微笑……除此他能如何呢？她的眼裏都是淚，滿額都是冷汗。他掏出手帕拭她的臉，然後像一位情人般俯下頭，把嘴唇湊到她的耳朵上，溫柔地說：

「答應我不要哭，忍耐一些，一切都會好轉過來。」

那少女望了他好久，忽然雙手捧住他的頭，拉到她的胸前，吻著他，摸著他的頭髮說：

「啊……抱住我，我要死了，我要死了……」

他抱住了她，其實是被她抱住……房裏一片寂靜，只有愈來愈緩的呼吸。

醫生為繼續失血而心慌，吸血的棉花一塊一塊地堆在彈簧秤的銅盤裏。他望著針指的數字。他的唇在發抖，臉色變為死白。

那少女在昏迷狀態中休克過去。

他放低她的頭，打開她的胸部以便透空氣。他要氧氣筒，但醫生搖搖頭。然後他要血漿，醫生聳聳肩……他臉上的肌肉抽搐起來，憤懣地說：

「那麼你們有什麼急救的東西？」

「我們只有咖啡因針與生理食鹽水。」醫生說。

他們給她打咖啡因針，護士在準備食鹽水。少女醒了一下又暈過去。她的血仍繼續流著，她將要流血過多而死。

「你不能弄到血漿嗎？」

「你知道……」醫生嗚咽地說。

他凝視著醫生。「你知道」三個字包括太多的意義。

「檢查過她的血型嗎？」

「A型。」

「可惜我不是A型，我希望我能借到三千CC血漿。」

他走出醫院，叫了一部計程車，駛向距醫院較近的紅十字會。紅十字會的門緊閉，敲了五分鐘也沒有人來開門。他想起了一家大醫院管理血庫的一位朋友。他又跳進了汽車，駛向一家大醫院。

他跑過那長長的走廊，到了血庫室，他的朋友坐在桌前，點一支日光燈在看一本病理學。

「我要三千CC血漿，A型，趕快！」

「先把條子給我。」他的朋友說。

「我可以現在寫條子，我要暫借。」

「你知道，朋友，這裏的血漿只有經過急診醫師的簽字，而且必須蓋代理院長的章，才能夠取。」

「我求你借給我，我可以想辦法還你。」

「你怎麼跟兄弟開起玩笑來了。」他笑了，試圖把這場面弄得輕鬆。

「不！一個病人快要死了，我請求你。」

「這是規定，必須有急診醫師的簽條。」

「難道一個人的生命操在一張沒有意義的簽條上？」

「你跟我一樣清楚，這是醫院的規定。」

「我請求你，看在朋友的面上。」

「我想你該先去求急診醫師。」

他還想求他，但他已板起臉孔，不再看他，眼睛又去看那本病理學了。他全身發抖了，他握緊了拳頭，衝過去，一拳把他打倒在地上，像瘋子一樣從血庫室奔出來。後面在喊著，叫著，彷彿發生了血案。他跑出醫院門口，跳上汽車，司機問他到哪裏？他忽然之間茫然不知所答，過了很久才說：

「回到原來的地方去。」

他像一個醉漢，顛顛地扶著牆板走進病房。病床上蓋著白布，布上有斑斑的血跡。但呼吸和心跳彷彿都停止了。他用目光去尋找醫師，醫生坐在最遠角落的圓圈椅上，背著病床在沉思。他的腳步驚動了他，使他的旋轉椅轉動過來，他好像是被綁在椅上似地，不稍動一下，只用眼睛望著他的手，他猜他在尋找他帶回來的血漿。而他用冷漠的眼光去尋找比血漿更重要的東西，他發覺醫生的表情同他自己的雙手一樣空虛。他的目光又移到那病床上……這種沉靜，這種白布，以及床邊手術工具狼藉的光景，他不知已看過幾十回了。他走過去，他想沒有什麼值得哀憐，這不過那幾十回後的又一回……他試著使自己理智，像一個冷酷的外科醫生，但卻有另一種感情在使他顫抖，使他燃起打開那白布的慾望。

他掀開那白布，他伸手去撫摸那依舊美麗的高額與光潔的頭髮，又掏出手帕拭她留在眼睛四周的最後幾滴汗與淚。

他慢慢把白布蓋上，一語不發地走出醫院。

五、我不是天才，我是大傻瓜

他回到家時已經深夜三點。他發現那漆紅色的木板門半開著，他的房間裏點著燈，一個人的影子從毛玻璃窗透出來。他在門前停了一會兒，才急步走進去。

女房東一聽見腳步聲便從屋裏走出來，看見是他，更焦急而發抖地對他說：

「有一個戴眼鏡的男人來找你，他老等在你的房間裏不走。」

「誰？」

「我不知道，他說你見了他就會知道。」

「呃，我知道了。他來了多久？」

「十二點就來了，一直等到現在。」

他不再跟她說話。有一股低沉與厭惡的情緒自他心底升起。他想躲避它，但他卻不得不仰著頭去迎接它。他走進屋裏。

他推開他的房門。房裏的男人聽見開門聲立刻驚訝地轉過身來。他戴著黑框的大眼鏡，他的眼瞼在神經質地眨動，這正是那個醫生。他迎著他走去。

「你終於回來了。」醫生說。

「我早已料到你會來找我。」

「由於什麼？」

「直覺。」他冷冷地說。

他脫掉夾克，往帕格尼尼的頭一抛，把整個石膏像都封在夾克裏。他找了靠窗的籐椅坐下來，從褲袋裏拿出一包香菸，抽一根出來要往口裏送……忽然看見了他，於是把香菸遞到他面前說：

「你抽菸嗎？」

「我從來不抽菸，謝謝你。」

「怕肺癌？一個人知道越多種死法，他越容易死，所以醫生都不易享受天年。但我已慣於不顧慮這些。對不起，你對我說的話不介意吧？我慣於自言自語，我很少考慮到別人。」

醫生的臉上顯出無可奈何的笑容，表示他並不在乎任何公正的言論。他開始點火，不理會醫生地抽著他的香菸，彷彿那房間只有他獨自一個人，而那醫生，基於某種不得已的需要與一種對病人心理的了解，始終能容忍地站在老地方，像一個服侍主人的老僕一樣。

「那麼，你來這裏有什麼要求？」在他抽完一支菸，把菸蒂丟進舊呢帽裏之後說：「我相信那是手術費用外的要求。」

「我要求跟你單獨談談。」

他爆出狂笑，使整個房子震動起來。之後又點起一支菸，連醫生也不望一眼，好像根本沒有聽到醫生的話。

「我要求跟你到外面單獨談談。」醫生重複說。

「為什麼？我們現在不是夠單獨了嗎？」

醫生瞟了通走廊的房門一眼。

「你怕我的女房東嗎？」他說：「我可以告訴你，她要比你想像的誠實得多，她是世上少有的好人。你盡可大聲說話而不用怕她會俯在牆壁偷聽。」

「我希望在我們之間建立一種默契，我可以付出代價。」

「你說話並不像一個醫生，我說倒像一位地產經紀人。你以為我是個講代價的人嗎？在沒有聽見你的要求之前我討厭聽到那個字眼。我已經好久沒聽到那個字眼，我不願在我有生之年再聽到它。」

醫生表示出歉意的微笑。

「這完全是為你好。」

「我拒絕再聽你的商人口氣，你不能把要說的話用最簡單的字眼說出來嗎？」

醫生躊躇了一會兒，輕咳幾聲，使空氣變得嚴肅，說道：

「現在我請問你，你想把她怎麼處理？」

「你的問題就是這個嗎？我老老實實告訴你，我連想也沒有想到這個。」

「但你必須想到，你是醫科的學生。」

他並沒有回答，只默默地吐了幾口菸，使自己籠罩在煙霧裏。

「她是你的女友，這你自己知道，她因你而懷孕，這你也知道，然後你叫她來我那裏墮胎……」

「我好像在什麼地方也對誰說過類似的話。」

「你知道法律……」

他從椅子上跳起來，把整支菸丟在地板上，憤怒地用腳踩熄，大聲叫道：

「我討厭法律，我討厭一切人訂的法律。請你別在我面前提到法律。」然後把聲音放低到連他自己也幾乎聽不見的細聲說：「我知道你在用法律威脅我，換句話說，你也同樣受到法律的威脅，不是嗎？假如不是，你何必來這兒？醫生，你走吧！你可以無罪，我會擔當一切，我明天會回去處理。」

「不過……」

「不過什麼？你怕什麼？我已經在保證書上簽字，你可以安心地回去……你還要求什麼？」

「我是在為我們兩人著想。」

「你說『我們兩人』？難道你也受到損害嗎？不！不！你可以高枕無憂，你最多在審問我時來做一下證人就夠了，夠了……一個證人而已，你還要求什麼？」

「我必須把我的處境告訴你，我希望我們能像兄弟一樣了解。」

他聽見「兄弟」的時候，輕蔑地瞥了醫生一眼，臉上浮起乾澀的笑。醫生繼續說：

「我以為最好的辦法是我們兩人都不必站在法官前面……甚至兩人的名字都不要在報上

出現。」

他表示不解，但仍一心一意地等待他說話。

「你知道，那醫院不是我的。那是我的一個朋友在被調去服役前託給我的。你知道一個醫生的最大希望是自己獨自開業，我實在忍受不住別人陸續開業而自己永遠在做一個大醫院裏的助理醫師。於是我才利用了我朋友的醫院，我只想籌一筆錢，但沒有想到會有今天的結果。」醫生望了望他，驚於他傾聽時的沉默，換成另一種音調繼續說：「我不能在法庭露面，那會毀了我的名譽，我的前途，我的一切。當然那也會毀掉你。我想到一個兩全的辦法，只要你發誓保守秘密而不把這事宜露出去。」

「我認為發誓沒有意義。」

「沒有關係，只要用你的人格保證。」

「我對人格表示懷疑，它代表什麼？它包括什麼？我一概不知，而我也不想去知道。」

「不管如何，只要你保守秘密。」

「在我說『我願意』之前，我想聽聽你想到的兩全辦法。」

醫生的臉上閃出勝利的光輝，他擺出一副欣然的樂觀態度。

「把她的屍體交給我處置就行了。」

「你想把它怎麼樣？」

「你只要把她交給我，我可以在沒有人知道的地方埋葬它。」

他的眼睛閃出火光，瞪著醫生，彷彿要生吞醫生似地慢慢地問：

「那麼你的辦法就是這些嗎？」

「這是為我們兩人著想。」

他走到籐椅旁，坐在椅背上，又抽出一根菸，點了火，抽了兩口。然後用一種譏諷的口吻說：

「但假如她不是我的女友，而那嬰孩也不是我的呢……」

「哈，哈，哈……你很有表現幽默的天才。」

「我不是天才，我是大傻瓜，我只是偶然被拉去做她的情人，其實我連她的名字也不知道。」

「你在開玩笑，而這玩笑十分笨拙，沒有人會相信你。」

「我不要別人相信，其實連我自己也不相信。」

「假設那是眞的，那麼這辦法的安全性將更形增加，而它對你的益處將更大。」

「你說的就是這些了？現在你可以走了。我決定照我自己的意思去做。明天會到醫院找你，你可以回去了。」

「先生，你必須想想你自己，也替我想想。我願意為這事付出代價。」

醫生從口袋拿出兩疊鈔票，放在桌上。

他突然衝過去，抖起那兩疊鈔票，跑到窗口，把它們扔到屋外的馬路上。

「滾出去！我命令你！我命令你——立刻滾出去！」

他把醫生推出房間，把門重重關閉。他扭熄了白熱的燈，換了藍色柔和的日光燈。然後去把小提琴從箱子裏拿出來，開始以一種憤怒有力的手勢拉動升C調重複指法練習曲。

六、我已把靈魂賣給你

第二日一整天，他都沒有走出房間一步。他坐在窗邊的地板上，呆望著天空，到黃昏才出門，向醫院走去。

醫院的門打開一扇，他沒有按鈴便走進去。那窄狹的候診室沒有人，他也聽不見任何聲音，整幢房子好像遭竊了似地。

他走進手術室，第一眼便去望昨天那少女躺的病床，但那兒已經沒有人，床上也沒有白布，一切都收拾乾淨，好像什麼也沒有發生。他的臉色發青了，他的眼光迅速在全室掃射一遍，才在那個老角落裏發現醫生坐在那隻旋轉椅子，雙眼透過眼鏡注視他，好像一隻餓狼在監視一隻兔子。他的臉色蒼白，眼睛黑而張大，雙頰在一夜之間瘦成兩個窟窿，頭髮亂得像疲憊的刺蝟……

「你終於來了，但你來做什麼？」醫生說，那聲音不再屬於他了，低沉而陰森，像發自深不見底的洞。

「我昨天已經告訴你了。」

「你是來要那屍體嗎？」

「請別用那個字眼，我討厭用那個字眼。」

「為什麼？」

「在我的感覺裏她還活著，她並沒有死。」

「無論她活著或死去，你找不到她了。」

醫生疲乏地瞪那空床一眼，那床上只呈現皮革的黑色，而沒有白布。

「我知道她不在這裏，但你必須把她交給我。」

「假如我交不出呢？」醫生移動了一下身體說。

「你把她怎麼了？」

他衝過去，抓住醫生的襯衫，把他的領帶扯斷了，憤怒得全身發抖。

「快說！你把她怎麼了？」

「我的回答跟剛才一樣。」醫生無力地說。

「你把她埋在哪裏？」

「比埋更壞！」

「那是什麼？那是什麼？」

「我把她扔進河裏。」

「不可能！你是不是在說夢話了。」

「那空床可以做證。」醫生說，又去望那空床。

「我不相信，一個人不可能做這樣的事！」

「護士幫了我忙。」

「那麼你們是同謀？同謀！醫生與護士！」

「請別誣賴她，是我強迫她做的，我用手術刀強迫她。我已經告訴了你一切實情，因為我在你面前沒有掩飾的必要，我希望能獲得你的諒解。」

「諒解？」

他用拳頭兇狠地揍了一下醫生的太陽穴，然後站著，雙手插腰，冷酷地看著醫生自地上爬起，痛苦地摸著太陽穴。他的眼鏡已摔碎，他扭曲著臉，他完全像另外一個人。

他突然轉身向門外走去。

醫生一語不發地抓起放在桌上的手術刀，飛奔到手術室的門口，攔住他的去路，把門關起來，用那柄明晃的刀尖抵住他的胸口。醫生的臉蠻橫而顫抖，因驚恐而變為紫色。他威脅著他，用左手推他，逼使他後退。他說：

「當我的希望都破滅之後，我只好用這個。你看！我求你保守秘密，我用這個求你保守秘密。」

他站在老地方不動，為他的行動的幼稚，為他說話時的滑稽荒謬的態度而爆出狂笑。他仰著頭狂笑，又彎下腰，他笑得咳嗽……最後他走到醫生原來坐的旋轉椅子，無力地癱在椅子裏，繼續狂笑。

醫生的刀子從手裏掉在地上，抱住頭痛哭起來……這時，他才停止了笑聲。他迷惑地望著他——這個一刻之前用刀抵住他胸口，而現在卻像女人一樣痛哭的威脅者。

他從旋轉椅站起來，默默地開門走出去。

醫生叫了一聲。他回過頭去，他看見他手裏拿著一瓶藥水，已經打開了蓋子。他的眼睛盪漾著奴隸的悲哀：「你可以決定我的命運，只要你走出去我就要把它喝光。」

他臉上浮起一絲輕蔑的苦笑，忿忿地把頭轉回去，大步地跨出手術室。

他走到通屋外的大門前，他聽見了瓶子的破碎聲，他聽見身體倒在地上的沉重的聲音。

他停在門前有兩分鐘之久。他咬緊牙齦，搓著雙拳，全身像被繩子綑住似地發抖，他自問：下一分鐘該做什麼？而做了之後又會有什麼樣的後果？他開始感到窒息，暈眩，所有的東西開始旋轉……

半小時後，躺在病床上的醫生醒過來，又無力地躺下去。他抬起頭去望醫生，那目光像兩根冷冷的冰柱。

「你為什麼要救我？」醫生無力地問。

「我不願再看見上帝的笑容。」

「我不懂你的意思。」

「你是要我說得更清楚嗎？好吧——我以為一個活的醫生要比死的醫生對人類有用得多。」

兩人沉默了很久，最後他穿上夾克準備出去。

「護士晚上會來嗎？」

醫生點點頭。

「你們之間算是得到了默契。」

「難道你還不答應我嗎？」

「我已把靈魂賣給你。」

「我不懂。」

「我不見怪，連我自己也不懂。」

「那麼你是願意保守秘密了？」

「只保守你的。」

「而你自己呢？」

「我沒有把握。」

「為什麼？」

「我不敢肯定能對我自己負責，而其實一個人的秘密已夠使我無法忍受，我不能再容忍另外一個。」

他走出去，把兩扇大門敞得開開的。

七、餘音

兩天後的黃昏，有一具女屍在台北橋的第三個橋墩下浮起。第二天早晨所有報紙都用巨大的篇幅來記載這事，並且還登上那已變得模糊不清的浮腫女屍的照片。

這天中午，那個醫科學生由他的女房東陪著，到警察總局去自首。

他被寬宏地判了無期徒刑，他的罪名是：誘姦未成年少女成孕，企圖親為墮胎不遂致死，而後又投屍河中以圖滅屍。關於他犯罪前後的人證包括有：咖啡店的女侍，血庫室的管理員，以及他的女房東（她是被他逼著去做不利於他的證人的）。至於「親為墮胎」一節，幾乎所有社會上知識分子都相信他，以他是六年級的醫科學生與他在婦產科的臨床實習時的優異成績很快便贏得他們的信任。

至於那個沒人問起的醫生，他從那少女的屍體被發覺以後，便開始感到不安，他一直恐懼那醫科學生會說出他的名字，不久他便患上精神分裂症。他每天夜晚必到淡水河畔呆坐，又到中興橋上凝望河水。開始時，附近的人總看見有一個女人（可能是那叫秀蘭的護士）陪他，不到一星期後那女人便不見了，只剩下那醫生孤零零的一個。

兩個月後，人們看見他連早晨也在中興橋上，顯然他整夜都沒有離開過中興橋。有一個到二重埔送報的報童每天早上賣給他一份報紙，他拿著報紙站在橋頭往往會看到中午而不移動一步，人們都說他瘋了。

有一天，他帶了兩疊鈔票在橋上往河裏撒，害得附近洗衣的婦女與遊艇上的男人連衣服也來不及脫就衝到河裏去撈鈔票，警察把他帶進警察局，他一進警察局便對他們說不久之前在淡水河上發生的女屍案是他一個人幹的，那少女是他親手扔進河裏。但沒有人相信他，警察局裏的人早已知道他是瘋子，他們把他送進精神病院，但他不到第三天就逃出來。以後他仍繼續在中興橋附近閒蕩，彷彿變成了那座橋的點綴物，關於同樣的狂態與笑劇他還重演過兩三次，只因為他是個無害的瘋子，以後就再沒有人去理會他了。

根據一般人的意見，那個醫科的學生算是幸運的。因為他還關不到半年，便因肝癌而死在獄中。

他死後留下三件遺囑：他把他的遺體贈給他母校的醫院供肝癌研究之用。他把所有的遺物——包括他的衣服、書報、石膏像與小提琴——都贈給他的女房東。他要求典獄長代轉一封信給來獄中看過他幾次的一個得到哲學碩士的朋友。在那封信裏他寫著：

「……八月初，我親自看了我肝臟的切片，我知道我已活不到一年。上帝判了我死刑。（其實人類豈不同樣被判了死刑？）其後的一段日子是一張空白，我過著遊魂的生活，誰也不會相信我做了什麼（恕我始終不曾告訴你，因為連我自己也不相信），這些事情對於別人（包括你）是沒有意義的（對我何嚐不是？）。你的多次勞駕來監牢看我，使我感覺我欠了人類一筆債（其實我確信沒有欠人類什麼），我能夠用來表示我的感恩的——只有把我這一生剩下的最後財產——八本日記（堆在我房間的地板下，你可以叫我的女房東幫你找）——送給你。但我請求你（算是我對人類以及你的最後請求）把八月以後的最後幾頁撕下來，扔進火爐裏⋯⋯」

他的朋友在收到信後的第二天找到了那八本顏色不一樣的日記。他只花了一天便把八本日記看完，卻花了好幾個禮拜才把八月以後的幾頁日記看完一遍，事後還一次又一次地翻著看。他遵照他朋友的遺囑把最後幾頁撕下來；但他並沒有完全照他的話做。他把那幾頁日記添補在他自己那本珍藏了二十年的綠絨皮紀念冊的空白，然後把其餘的八本日記統統扔進火爐裏。

〈口口〉導讀

◎應鳳凰

約一萬三千字，這篇小說發表於一九六四年六月《現代文學》雜誌第二十一期。熟悉文壇歷史的人皆知，這份一九六〇年代白先勇在台大外文系創辦的刊物，曾帶動文壇風潮，各版台灣文學史亦通稱這十年為「現代主義文學」時期。此時重讀東方白最早創作，無法不驚嘆於它確是一篇現代主義文學既典型又創新的代表作。

一入眼簾就讓人嗅出「現代主義氣味」的，是最前面的小說標題。按傳統小說寫法，很少人會取一個「看不懂是什麼意思」的題目。現代小說講究藝術的創新與突破，難懂與否並非考慮重點。東方白此題更加極端，別說「意思看不懂」，連這「兩字怎麼唸」都是難題。題目之於小說，直如姓名之於人，必有「稱呼」方能指認與討論。有意思的是，此題在讀者「看圖自行表述」後有兩種唸法，同時形成兩種解讀模式，讀（唸）法與「讀法」之名與實可巧妙接軌。

第一種，將「兩個方塊」的題目唸成「兩個口」。兩個口即「兩個人」，意指貫串整篇小說「墮胎事件」的兩位醫生。兩主角一個還是醫學院學生，一個則是已畢業的執業醫生——前者正義、純潔、愛好藝術，未受社會污染；後者功利、投機、滿腦子金錢與算計，在社會大染缸沉浮，膽小且世俗。兩個口是兩種人類的代表，兩相對照，形象更加鮮明。而見證女生死於庸醫之手，死於冷酷的官僚體制，醫科生全心救人卻失敗的一場奇遇，等於提早揭開醫界黑暗面，預先體驗此一行業無望的未來。

第二種唸法是把「兩個方塊」讀成「框框」。將人間社會看成「各種框框」的角度，醫學生對話的尖銳批判，表達得很清楚。他「討厭一切人訂的法律」，那是人訂來「自己為難自己」的東西。至於上帝是什麼？是悲劇製造者，跟人類一樣，「都是可憐蟲」！總之，如尼采所說，上帝已死。法律、宗教等等名堂都是社會的產物，都是限制人類自由的「各種框框」。此篇不僅藝術手法，這些理念也承襲了西方現代主義小說反傳統反社會的批判風格。

小說另一優點是情節緊湊、故事性強。作者運用戲劇手法，幾乎不必修改已是一齣扣人心弦的三幕劇——首幕是兩人初遇的咖啡廳；第二幕在庸醫手術室，兩醫師束手無策而讓女學生死於手術台；第三幕在醫學生住處，兩醫師深夜相處有過精彩對話。三個簡單場景，卻繁衍出一段段高潮迭起的故事。尤其結尾，男主角竟是肝癌患者，其「異常言行」得到合理解釋，既有推理小說的解謎效果，且懸疑性、哲理性十足。此文不僅是東方白個人短篇創作的高峰，若就小說藝術言，它也是六〇年代台灣現代主義文學的高峰，應該毫無疑問。

〈黃金夢〉

從淡水河北岸的關渡坐渡船來到南岸的八里，再由八里沿著河岸徒步向北走，大約走兩小時便來到觀音山下的墳場。在很早的日子，這墳場的入口處有一座荒廢的土地廟，廟內供著土地公的泥像，由於年代久遠，菩薩身上的金漆早已剝落，臉上的鬍鬚也早被拔光，可是有一年，這座土地廟突然興旺起來，有人說土地公顯靈了，因為祂有求必應。於是從附近的八里以及遙遠的台北湧來了許多善男信女，大家都在廟前叩求跪拜，一時香煙繚繞，盛況空前。

就在這土地廟斜對面有幾家簡陋的茅屋，住的都是靠喪葬過活的人——有看風水的、有挖墳的、有刻墓碑的、有賣香燭的……。其中有一個叫金來的香燭小販，他是一個非常固執的人，雖然他因為土地廟的突然興旺而意外賺了不少香燭錢，可是他對土地公卻嗤之以鼻，始終也不肯相信。這說起來實在也是不足為怪的，因為他從小就是跟墳地附近的小孩在土地廟的牆壁上撒尿，拔土地公的鬍鬚長大的。「唉呀，北港媽祖興外境，」金來常常會對挖墳為業的南山說：「他們說土地公靈，靈在哪裏？假如眞靈，當年在祂廟後小便，拔祂鬍子的時候，早就該顯靈了，何必等到現在？」南山聽了，總是半信半疑，瞇著眼睛，摸著滿是鬍椿的下巴，對金來微笑。

金來與南山原是多年的朋友，兩個人都已經三十出頭，兩個人都一樣靠死人過活，差的只是金來已經結婚，而南山還是光棍一個，金來不但有妻子，而且還有一個五歲的兒子和六十多歲的母親。金來的母親對南山如同自己的兒子，而南山也把她當成自己的母親看待。南山一有空便來金來的香燭店聊天喝茶，遇到三餐的時候，金來的母親也總是留下南山來吃飯。

一個夏天的傍晚，南山在金來家吃過晚飯後，同金來坐在土地廟旁的一棵百年大榕樹下納涼。那榕樹有垂地的鬍鬚、多筋的樹幹、如爪的樹根，襯托在晚霞裏就像一頭大雄獅。整個傍晚，金來照例又引了北港媽祖來嘲笑樹旁的土地公，而南山照例瞇著眼睛，摸著滿是鬍椿的下巴，對金來微笑。

夜深了，南山先回家去睡覺，而金來也站起來打了幾個呵欠，對著自己的家走去。金來走過土地廟，廟裏已經沒人，只見兩盞油燈照著土地公沒有光彩的臉和沒有鬍子的下巴，他不禁笑了。他正想走開，卻又突然心血來潮走到土地公廟前，雙手交叉，側著臉對土地公說：

「土地公伯仔，人家說你靈，我就偏偏不相信！來，來，來，你若眞靈，就在我金來仔身上顯給大家看看吧！我金來仔窮了一輩子，從來就沒有摸過一塊金子，你若送給我一箱黃金，我就說你靈！」

說完了話，金來站了一會，看看土地公一點動靜也沒有，於是又笑了一陣子，才回家去睡覺。

說也奇怪，就在這一夜金來做了一個夢，他夢見躺在一隻石獅底下，那時天色已近黃昏，土地公從廟裏走出來，祂滿面紅光，長著到達腰際的白鬍鬚，右肩扛著一只古老的樟木箱，左手提著一把圓鍬。土地公將箱子輕輕放在金來的腳邊，用圓鍬撬開了鎖，然後從箱子裏挖出一錠錠金元寶，一鍬鍬往金來的身邊堆，其中有一錠金元寶落到金來的手心，冷冰冰的，他舉起手來，沉甸甸的……啊！那眞的是黃金！是金來一生從來就沒有摸過的黃金！

第二天早晨，金來醒來記起昨夜的夢，他笑笑自己，他實在是窮夠了，所以才做黃金夢！可是白天裏，看見從八里和台北來的一羣羣善男信女，他又開始懷疑昨夜做的到底是他自己的夢還是土地公的託夢了。到了傍晚，他與南山又來大榕樹下納涼，他跟南山說起昨夜的夢，當他看見南山張大眼睛，摸著滿是鬍樁的下巴微笑時，他倒有點相信那是土地公的託夢了……

「只有一點我不能了解，」金來對南山說：「我躺在石獅底下？我這一輩子從來就不曾在土地公廟附近見過一隻石獅。」

「什麼石獅？連土獅也沒有見過，倒是木獅看有沒有？」南山說。

金來望著大榕樹的鬍鬚，粗榦與樹根……忽然跳起來，指著大榕樹興奮地說：

「就在這裏！就在這裏！你看這鬍鬚不就是獅子的鬍鬚？這樹榦不就是獅子的腿？這樹根不就是獅子的爪？夢裏的石獅指的就是這棵大榕樹，沒有錯！這個夢是眞正土地公託的仙夢！」

從這一天開始，金來每天傍晚一吃過晚飯，便帶一捲草蓆來大榕樹下等待土地公扛一箱黃金來給他。他一改往日固執的態度，變得比八里或台北來的任何一個善男信女都要虔誠，他每天起床就來土地廟前拜一次，中午吃飯前又來拜一次，晚飯後又來拜一次，然後才躺在大榕樹下的草蓆上等待黃金。

開始的五年，金來每天等到半夜便收拾草蓆回家睡覺，可是五年過後，他變本加厲，有時竟然等到天亮才回家睡覺，這種日夜顛倒的次數愈來愈多，他對他的香燭生意也就愈來愈冷淡。金來的妻子忍無可忍，終於有一天對金來說：

「你要做你的黃金夢，你儘管自己去做，我不管你，但你得把全家的肚子填飽才行！雖然人家說：女人嫁雞隨雞，嫁狗隨狗。但你整天做夢，我可不能也隨你整天做夢。你如果養活不了我，我只好走。看是要黃金還是要妻子，你自己去決定吧！」

金來聽了，雖然唯唯諾諾，可是每天晚上到大榕樹下去等待黃金的習慣仍然未改分毫。

金來的妻子看看自己說不動金來，只好慫恿常來吃晚飯的南山去勸他。一天傍晚，南山坐在金來草蓆的一角，抱住雙腿等了好久，終於對金來說：

「金來仔，土地公託給你的夢，哪裏是叫你躺在榕樹下等黃金自己滾來？他的意思是叫你努力去工作。你不是夢見他在挖金元寶嗎？那就像我在挖墳一樣，挖到沙土的墳地，圓鍬輕了，錢也少了；挖到石頭的墳地，圓鍬重了，錢也多了。我看再也沒有比黃金更重的了，但為了挖黃金，你就得花更多的力氣，流更多的汗。世間哪裏有不出力也不出汗而黃金自動滾到腳邊的事？」

「南山仔，你不曾見過富家子孫一生出來就是黃金萬兩了嗎？他們何曾出過一點力？流過一滴汗？」金來搖搖頭說：「再說，夢裏不是我在挖黃金；而是土地公自己挖給我，這是菩薩的意思，而你知道菩薩的意思是違背不得的，還是讓我等待吧！」

金來的妻子想想連金來的最好朋友都勸不動他，那麼金來這一生還有什麼希望呢？她不如趁著年輕再嫁吧。有一天，金來的妻子終於從家裏出走，把兒子留給金來的母親，而且從此不再回來。

金來知道了太太出走，他不但無動於衷，反而因為少去太太的嚕嗦，更大膽地在榕樹下搭起了茅棚，日夜都躺在茅棚裏等待土地公的來臨。現在金來一家大小的生活都由南山負擔了，既然金來不回家睡覺，金來的母親也就叫南山搬進來，而南山則把挖墳得來的錢交給金來的母親。南山在金來的茅屋裏吃飯，在金來的茅屋裏睡覺，南山替金來奉養母親，照顧兒子，同時還將一日三餐送到茅棚去給金來吃。

五年又過去了，金來的兒子已經十五歲，由於漸漸懂事，他開始以他父親為恥了，因為不但墳場附近的人都知道金來在做黃金夢，連八里的人也知道有一個人在土地廟旁的榕樹下做黃金夢。這其間，土地廟也漸漸衰歇了，來土地廟叩拜的善男信女也逐漸少了，倒是為了好奇來榕樹下看金來做黃金夢的人卻多了起來。金來的兒子因為天天受到同年齡朋友的揶揄與訕笑，終於無法忍受了。他也步著五年前他母親的後塵，央求南山叔叔再去勸他的父親。

有一天南山把飯菜放到金來的草蓆上後，對金來說：

「金來仔，你得好好聽我說，十年來，你天天在想黃金，其實黃金太多也不是件好事，我這一生已經替不知多少富人挖過墳，我親眼看過他們的兒子媳婦在墳地上，為了財產，爭得面紅耳赤，打得頭破血流，而清明時節，又沒有一個人來替他們掃墓，個個都在埋怨他們暗地裏不知給了其他兒子多少黃金。再回頭來看看那些窮人的子孫，個個在墳地上都是哭哭啼啼的，從來也沒見過為了財產吵架的，而清明時節，又個個爭先恐後來掃墓。黃金有什麼用？人死了帶不進棺材，死後反而使家庭離析，兄弟鬩牆。我看你還是忘了你的黃金吧。」

「哈，哈，哈……南山仔，你說得對！富人的墳墓沒有人來掃，那是因為富人三妻四妾，子孫眾多，財產分配不均的緣故。可是你看看我，我只有一個兒子，而我又不想再娶，有了黃金，在生時自己享受，死後就全部給我兒子獨得，也沒有人可以跟他爭，他哪裏有不來掃墓的道理？再說，這是土地公託的仙夢，我命中註定非得這一箱黃金不可，你怎麼推也推不掉。你不聽人說過？天下無難事，只怕有心人，只要我耐心等待，黃金終歸是我的。」

南山想想，覺得金來說的倒也有幾分道理，何況他對土地公本來也懷著十分的敬意，只好默默摸著下巴，順手拔了幾根鬍子，不再說了。

金來的兒子看見南山叔叔仍然跟從前一樣勸不動他的父親，於是也只好離家出走，不再回來了。

又十年過去了，金來的母親由衰老而生病，已經快要死了，但金來仍然躺在榕樹下的茅棚裏等待黃金，並沒有回家侍候母親，倒是南山天天在旁服侍湯藥。有一天，金來的母親抓住南山的手，顫抖而無力地對他說：

「南山仔，你一生對我像對親生母親一樣，我不是不知道的，但如果你能再為我做一件好事，我就更感謝你。我拜託你再去勸勸金來回來，大家現在都說他是瘋子，我聽夠了，如果他到現在還不醒悟，那我是死不瞑目的。」

南山答應了，他想了好幾天，終於在一個傍晚來到榕樹下，對金來說：

「金來仔，我勸你不要再想黃金了。我想人生最大的財富不是黃金；而是——健康的身體、安定的工作，和一副慈悲的心腸。就以我來說吧，我天天勞動，所以一生沒生過什麼大病。觀音山幾乎天天有人來埋死人，所以我這份工作可算是十分安定的了。富人叫我挖墳，我樂意替他們挖；窮人叫我挖墳，我也樂意替他們挖。儘管窮人給我少一點錢，有時甚至沒給錢，我也不在乎，我心裏反而感到助人的快樂。所以世間三種最大的財富我都有了，我這一生再也沒有什麼要求，即使你現在給我一箱黃金，我也不會覺得怎麼快樂……」

「那是因為你現在沒有黃金，所以才說風涼話！」金來打斷南山的話說：「如果有人把一箱黃金送到你跟前，看你又如何？」

南山幾天來想好而又還沒說出來的一大堆道理，被金來這突如其來的反駁衝斷了，一時不知如何銜接下去。倒是想想金來的話，他也有幾分道理。不用說黃金，他這一生連一箱銅幣也未曾有過。既然被金來認為是在說風涼話，也只好摸著下巴，拔了幾根鬍子不說了。

金來的母親終於死了，南山親手為她埋葬。金來一等到他母親入土，便又回到榕樹下的茅棚裏繼續等待黃金了。現在金來的茅屋只剩下南山一個人，他不但要天天出去替人挖墳，而且還得三餐趕回來煮飯送給茅棚裏的金來吃。儘管如此，南山從來也沒有半句怨言。

三十年很快地過去了，金來慢慢變老了，現在他骨瘦如柴，而且常常生病了。南山也一樣老了，他的一臉鬍樁也由黑變灰了，只是他仍然健步如飛，仍然天天替人挖墳，而且愈來愈慈悲了。一天，南山看見金來在茅棚裏呻吟，心頭突然感到一陣憐憫，他對金來說：

「金來仔，你的妻子跑了、兒子走了、母親死了，而你自己又老了，現在你即使得到一箱黃金，又有什麼用處呢？不要再空等了，還是跟我回家吧。」

「南山仔，正如你說的，我現在確實一無所有了。你起碼還有健康的身體，你還可以天天替人挖墳，你還有一副慈悲的心腸，而我連這三樣財富也沒有，我只剩下等待黃金的希望了，如果你連我這最後的一點希望也要奪走，那我活著還有什麼意思？還是讓我等待下去吧。」

四十年很快地過去了，金來變得更老了，病得更重了，而且已經非常接近死亡的邊緣了。南山也一樣更老了，人家開始稱呼他叫「南山伯仔」，但他仍然跟從前一樣健康，仍然天天在替人挖墳，仍然是那一副慈悲的心腸，唯一的變化是他的鬍鬚，因為十年來，他任由它們自由生長，他的鬍鬚已經長到腰際，下端雖然灰黃，但下巴已經一片雪白了。有一天，金來瞇著眼睛，端詳了南山伯仔好久，對他說：

「南山仔，我有時看看你的白鬍鬚，再回想我年輕時做的夢，我越看越覺得你像那夢裏的土地公。有時我就在懷疑那個要挖黃金給我的人會不會就是你……」

南山伯仔摸著長到腰際的白鬍鬚，為金來感到一陣悲哀，他搖頭歎息了一會，回答道：

「你知道我這一生挖的盡是墳土，不用說我會挖黃金給你，你即使叫我挖銅幣給你我也做不到……金來仔，你跟我一樣，這一生活得也快差不多了，但你為什麼始終不能忘記你的黃金夢呢？」

有一個中午，南山伯仔替人挖墳回來，他發現金來終於死了。南山伯仔走到土地廟斜對面的幾家茅屋，請人出來幫他料理金來的後事，可是沒有人肯出來幫忙，大家都說埋葬夢想黃金的瘋子，他們也會遭瘟變成瘋子，而且說金來實在瘋夠了，他老早就該死了。

南山伯仔感到十分難過，可是他沒有責備他們。他默默地提著圓鍬來到大榕樹下，就在金來躺了一生的茅棚下面開始為金來挖墳。因為獨自一個人挖，又加以上午已經為別人挖累了，所以挖到黃昏，才挖了一個小小的窟窿。他抱著金來的屍體放進墳坑裏，才發現自己連爬出來時踏腳的餘地也沒有了，於是只好在金來的腳根再挖一個踏步。他才挖了第一下，便聽到圓鍬碰觸木箱的聲音，他心跳起來，繼續又挖了一陣子，終於挖出了一只樟木箱，他用圓鍬撬開了鎖，裏面竟然是閃閃耀眼的金元寶！南山伯仔放下圓鍬，在箱前跪下來，用手抓一錠錠的金元寶，冷冰冰的，他舉起手來，沉甸甸的……他突然感到一陣心酸，這一生他不知埋過多少死人，不知聽過多少人在墳地上哭泣，他除了同情之外，從來是不動聲色的，可是這一回，倒反而因為看到黃金而痛哭了。他握著兩錠金元寶，含著眼淚對躺在坑底的金來說：

「起來啊！金來仔，起來啊！這便是你等待了一生的黃金！快起來拿你的黃金吧……」

南山伯仔遵照金來生前的願望，把黃金一鍬鍬地堆在他的腳邊，堆滿了，又堆在他的腳上和身上，然後才爬出墳坑，把沙土填到坑裏，把黃金、樟木箱與金來一起埋葬了。

金來的死訊由住在土地廟斜對面茅屋的人傳到八里，八里的人開始議論紛紛，都說金來是土地公害的，假如不是當年土地公託的夢，金來好好開他的香燭店，有妻又有子，再壞也不會落到這般淒涼的境地，現在金來已經死了，可是他的黃金又在哪裏呢？人人都相信，這土地公不但不靈，而且還可能著了邪，扮鬼來害人。大家商議的結果，決定要把土地廟拆毀。

整個觀音山下，只有南山伯仔一個人力排眾議，說土地公很靈，土地廟萬萬不能拆毀，可是當人問他究竟靈在哪裏的時候，他卻又什麼都不說了。

過不了一個月，八里果然派了一隊工人上山來把土地廟拆毀了，土地公的泥像也被摔成千百塊碎片。

第二天早晨，人家發現南山伯仔死了，他無疾而終，死得十分安詳。

〈黃金夢〉導讀

◎應鳳凰

〈黃金夢〉為東方白早期作品，一九七五年發表於台北《中央日報．副刊》。根據作者序言，這是他私心喜愛的小說，卻不尋常地預見「被退稿」的命運。會不會作者潛意識裡十分在意主題的嚴肅性，而面對此題材又有不吐不快的衝動？

小說寫的是「兩個男人的故事」。主角「金來」半生廢棄家業枯坐樹下等黃金，發財夢一做四十年。「南山」是親比兄弟的好友，一輩子幫他、勸他，卻只能看他空做美夢直到去世。小說家別具匠心，把人物性格、主題象徵都巧妙置於角色名字上。

某日，從事喪葬業的金來夢見土地公送他一箱黃澄澄金元寶。醒來後，認定是土地公託夢給他，從此固執地每天坐榕樹下等待黃金。漫長等待中，妻子跑了，兒子走了，母親死了，任憑好友南山如何苦口相勸，金來只是執迷不悟，鄰人視為瘋子。小說高潮出現在金來去世之後——當南山在樹下為他挖墳，赫然發現老友天天守候黃金的地方，果真埋著一大箱黃金，跟土地公當年托夢情境相同。此一結尾讓讀者既吃驚也感慨：「金來之夢」雖然成真，可惜人已入土，即使大箱黃金出土也無福享用。

做為六千字不到的精短篇，本文不僅情節緊湊，引人入勝。就技巧言，獨到之處更在

「虛構」與「寫實」交錯並列，且虛與實「接縫之處」全無斧鑿痕跡。「土地公托夢」情節看似迷信，然「夢境」本有無限可能。金來數十年枯等黃金彷彿太固執不合情理，但鄰居既以「瘋人」視之，自然見怪不怪。

臨終前一刻，金來忽對南山說：「我越看越覺得你像那夢裏的土地公。」南山幫他奉養母親，給他送飯，鎮日苦口婆心勸他醒悟，何止白髮白鬚的外型「像」而已，南山整個就是「土地公化身」。讀者於焉恍然大悟，原來金來「解」錯了夢──「黃金」早就來了──友誼才是人類所能擁有最可貴的黃金。「土地公」既是守護神，也是「肯幫助人」的象徵，才有「南山」一角不計一切代價照顧「金來」的設計。小說題為「黃金夢」，正好鏡子般鑑照著人類「不切實際」的本性。人們總是「務虛不務實」，黃金原來一直在身邊，只是肉眼不能看見而已。

〈奴才〉

這是一個中秋夜，大家在方教授的客廳吃過晚飯，又品嚐了方太太調製的月餅，便來到後院賞月。那後院絨絨的草地上早擺了幾張摺椅，先到的幾位女士已坐在椅子裏，而後到的男士因找不到椅子，只好一個個往草地上坐下來，大家同時抬頭去望天上的明月……

明月總是叫人思鄉的，所以在一會兒沉默的觀賞之後，大家便聊起故鄉的事物來，有人想起故鄉的風景，有人想起故鄉的小吃，而大多數女士則想起故鄉的母親……

「這些我都不想，」在亞大研究生理的老詹淡淡地說：「我只想起故鄉的一個『奴才』，一個很可愛的『奴才』。」

聽了老詹的話，所有人都霍然改變了姿勢，屏聲息氣，把目光投射在老詹的身上，而老詹卻若無其事地伸直他那雙交疊的大腿，慵懶地用雙手撐住上身，把後腦靠在右肩，繼續仰望天上的明月。他望了很久，才深深地歎了一口氣，然後低下頭來，給大家講了下面的故事。

你們大概都聽過巴伏洛夫（Pavlov）的「條件反射」吧？巴伏洛夫就因為發現了這個生理現象而獲得了諾貝爾醫學獎金。他的學說主要是說，只要一再重複地訓練，一種人為的刺激最後就能代替自然的刺激而導致生理的反應。他用狗來做實驗，每回拿食物給狗吃之前，就搖一回鈴，這樣一再重複地訓練，最後只要一聽鈴聲，即使不見食物，也是口水直流了。這作用便是所謂「條件反射」，不但我們日常習慣是一種簡單的「條件反射」，甚至於我們高度的精神活動也是一種連鎖性的「條件反射」。我現在要說的這個可愛的「奴才」便是這種「條件反射」的例證，說得更正確一點，是這種「條件反射」的犧牲品。

那年我小學六年級，我父親在雲林縣的一個鄉下小學當校長，有一天，他從學校辦公室回來，一聲不響便往他常坐的那張古老沙發一坐，雙手交插在胸前，望著天花板長吁短歎起來。我父親是一個很風趣的人，平常回家一進玄關，鞋還沒脫便喊起我母親的名字來，然後一上了榻榻米，他一定先跟家裏的每個孩子說話，問問學校的功課，才去坐在那張古老的沙發看報紙。因此，這天這種異樣的行為當然引起全家大小的驚異，大家心裏猜測父親一定又遇到極端不如意的事了……

「學校發生了什麼事情？」從廚房裏走出來的母親終於問我父親說。

「他們又要送一個唐山人來學校做校工！」父親忿忿地說。

說起「唐山人」來，我父親對他們是頗有偏見的，不過話說回來，這偏見也不是突然從天空掉下來；而是日積月累形成的。先是幾年前，雲林教育局派了一個「唐山人」來學校當老師，按教育局規定，所有沒分配到教員宿舍的老師，一律由教育局補發津貼，自己到學校外面租房子住。可是這位老師卻說外面租不到房子，他們一家人硬是蠻橫地搬進我們的校長宿舍來與我們同住，把父親氣得發抖，可是又不能趕他們出去，一直忍耐了一整年，到那老師不幹了才搬走。過了兩年，教育局又派了一位「唐山人」來學校當校醫，後來才發現是「蒙古大夫」，不但對醫學一竅不通，而且還偷賣了許多醫務室的藥品，這更使父親火上添油，從此一聽到「唐山人」便全身起雞皮疙瘩，發誓如果下回教育局再派「唐山人」來學校工作，他校長就不幹了。可是不幸，那時，雲林縣的教育局長偏偏是父親的中學同窗兼好友，他親自來家裏向父親解釋，說他派「唐山人」來學校工作，也是有其不得已的苦衷，千萬請父親不要辭職，以後儘量少派就是了。可是這回又派上來，父親礙於老朋友的情面，既然不能辭職，也只好接受下來。看樣子，父親又有一、兩年的氣好受了，也難怪他這天一回家就那樣長吁短歎……

以後的一段日子裏，不但父親垂頭喪氣，連我們一家四個小孩也戰戰兢兢，預想不久又要搬進來一家「唐山人」，到時我們四個孩子不得不擠在一間小小的房間裏，不但日常起居十分不便，而且天天聽嬰孩的哭聲，功課也別想做了。我們當然不想再過這種苦難的生活，可是我們卻又無可奈何，也只好眼睜睜地等待著……

有一天下午，我從學校放學回家，我發現我們宿舍門口有個老人坐在一只軍毯包綑的包袱上。當我走近他時，他霍地從包袱立起來，對我打躬作揖，頭幾乎要碰到他的膝蓋了……這眞叫我受寵若驚，我們小孩從來只有向大人鞠躬的份，從來也沒有人向我們鞠躬，更不用說會有一個像我們祖父那麼老的人向我們鞠躬了。我連忙問他要找什麼人？

「老爺……」他用很濃的山東口音說。

「老爺？」我莫名奇妙地說，因為我一生還是第一次聽見有人親口說這兩個字：「我們家沒有老爺。」

「那他們為啥告訴我說老爺就住在這兒？」他指著學校教員休息室說。

我突然領悟這老人可能就是我們日夜擔心會來佔我們宿舍的校工了，於是我開始仔細打量起他來。他大約七十多歲，小小的頭上長著稀疏的灰髮，他的門牙幾乎掉光了，臉也皺了，背微駝著，膝蓋是曲的，彷彿永遠也站不直的樣子，倒是他的眼睛還奕奕有神，一看便知是十分和善謙虛的老人，這與我們想像中的不速之客眞有天淵之別。我於是微笑地對他說：

「你是不是要見我爸爸？我爸爸是校長；他不是老爺。」

「不是老爺怎可以當校長？你爸爸就是老爺，你爸爸就是老爺……」他堅持地說。

我只笑笑不再跟他辯說，我打開門想請他進來，可是他卻不肯進來，說他可以立在門外，一直等到我父親回來。我沒奈他何，只好讓門半開著，由他在門外等去……

我父親回來之後，才把那老人請到屋子裏來，他本來不願進來，但經過父親三請五請，說不進來不能談事情，才勉強進來，脫了鞋，隨父親走進客廳。父親往他的老沙發一坐，而那老人卻立著，駝背曲膝，侷促不安的樣子，一雙手一直不知往哪裏放……

「請坐。」父親說。

那老人回頭望望另一只已經十分破舊的沙發，搖搖頭說：

「我坐不慣這，我立著較好……」

父親笑了笑，抽出那老人遞給他的介紹信開始看……

「王克強是你的名字？」父親看了一段，抬起頭望那老人說。

「不是，老爺，不是……」那老人猛搖著頭說：「那是他們拿我當兵時，臨時給我起的。」

「哦哦。」父親若有所思地點點頭：「那麼你本來叫什麼名字？」

「在咱們山東，我老爺叫我『阿富』，所以大家也叫我『阿富』。」

父親又繼續看信……

「你剛剛退役，你今年六十歲？」父親又把目光移到阿富臉上。

「不是，老爺，不是……我已經七十囉。」

「那麼這信上為什麼寫六十歲？」

「他們拿我當兵時，給我少報十歲……我今年退役，六十才給退的，其實我今年已經七十囉。」

「哦哦。」父親又若有所思地點點頭。

阿富當校工的職務，父親說主要只有兩件事情——上下課時為學校敲鐘以及休息時間為老師們燒茶水。阿富聽了，立刻給父親打躬作揖，頭幾乎要碰到膝蓋，喃喃地說：

「謝謝老爺，謝謝老爺……」

「請不要叫我『老爺』，阿富。」父親皺著眉說：「你來學校做校工，是拿教育局的錢，不是拿我的錢，我不是你的主人，我只是校長，千萬不要叫我『老爺』。」

「怎不是『老爺』？在咱們山東，校長都是『老爺』，也只有『老爺』才得當校長……」

父親無可奈何，也只好任由阿富繼續叫他「老爺」了……

父親在阿富來之前，本來對「唐山人」是「深惡痛絕」的，可是叫我感到萬分驚異的是——與阿富一席談後，父親竟然回心轉意，突然想騰出我們宿舍裏的一間空房來讓阿富住，可是阿富卻婉拒了，他說：

「啥？跟老爺住在一塊兒？這怎可以？這怎可以？……」

說完，阿富急忙走下玄關，扛著他的軍毯包袱走出了門……

阿富既然是單身漢，為了讓他多省幾個錢，我父親只好給他安頓在教室走廊角上的一間小倉庫，又借了一張舊床和幾張舊椅給他用，阿富就這樣變成了我們學校的校工，從此，不但學生們聽到新的鐘聲，而老師也開始喝到新的茶水了。

阿富來到我們的小學，固然使學校起了一些變化，但變化最大的恐怕是我們一家人。

首先是我父親，他大學是唸園藝的，平常學校一沒有事，他就喜歡在校園裏開闢花床，種植花木。從前只是父親一個人幹，自從阿富來了以後，他除了敲鐘燒茶之外，整天便跟在父親後面，幫他挖土種花。阿富既勤快又樂意幫人，這令父親十分開心，使他對「唐山人」有了一百八十度的轉變，從此他就不再反對教育局派「唐山人」來學校服務了。

其次是我們兄弟和兩個妹妹，阿富叫我哥哥「大少爺」，叫我大妹「大姑奶奶」，叫我小妹「二姑奶奶」。開始時，我們都十分不習慣，屢次請阿富別那樣叫我們，怪肉麻的，但阿富老是不聽，繼續那樣叫我們，最後我們三個大孩子不習慣也得習慣了。可是那剛上小學一年級的小妹怎麼也不能習慣，而阿富又特別喜歡逗她玩，每回在我們宿舍附近見到她，就大聲地對她說：

「二姑奶奶好！二姑奶奶好！」

這害得我小妹羞紅了臉，以後老遠望見阿富便不好意思地藏躲起來。

我們住的校長宿舍緊臨著小學的操場，宿舍前院的路兩旁種了幾株榕樹和茄冬樹，每天院子都掉滿落葉，我父親便規定我和哥哥兩人，每天上學之前要清掃這些落葉，這習慣我們已經行了好幾年了。

有一天早晨，阿富有事來我們宿舍找我父親，當他在前院撞見我和哥哥在掃落葉，他目瞪口呆了半晌，才對我們說：

「大少爺，二少爺，你們怎可以拿掃把兒？讓我來掃！讓我來掃！……」

他來搶哥哥的掃把，可是哥哥不讓給他，於是他便來把我的掃把搶去掃，他一邊掃，還一邊對哥哥說：

「大少爺，你放著，過會兒再讓我來掃！……」

可是哥哥卻不聽他的話，繼續與阿富比賽掃落葉，樂得讓我坐在樹下看閒……如果阿富僅止於來幫我們掃落葉，那還不礙事，可是有一天早晨，當我們拿了掃把來到前院，那落葉早已掃得乾乾淨淨，原來阿富趁我們還在夢中就來偷掃了。這件事由我哥哥告訴我母親，再由我母親轉告我父親，結果這個晚上，我父親對我們兄弟大發了一陣脾氣，對我們說：

「都是你們睡懶覺，阿富才會來掃。校長宿舍裏的落葉是你們的責任，怎麼可以叫校工來掃？以後早一點起來！不能再讓阿富來掃了，知道嗎？」

這一夜，我們沒有睡好覺，第二天早晨，天還沒亮便起床出去掃落葉了。剛掃完，便見阿富拿了他自己的掃把來了，他問我們為什麼這麼早就起來？我們告訴他說昨天因為他來掃落葉，結果挨了父親一頓罵，我們趁便央求他以後不必再來掃我們的落葉，他只管學校的敲鐘和燒茶就夠了。可是阿富不聽，仍然更早來掃落葉，害得我們不得不更早起床出去掃，結果是我們天天在跟阿富比賽早起，這件事阿富害得我們兄弟夠慘的了。

阿富非常謙虛，過分謙虛，有時不免謙虛到有一種卑微之感。他不但對任何人永遠彎背曲膝站不直身，甚至永遠不敢與人並肩同行。每回他同我父親到城裏去買學校的用具，他永遠走在父親後頭，不管我父親怎麼叫他同行，他也不敢踰越一步，總彎著背揮著手對我父親說：

「老爺，你先走，你先走……」

他這種自卑的態度，不但對我父親如此，對我們小孩子也不例外。學校放假的日子，每回看見我走出校門，他遠遠便自動跟上來，問我是不是需要幫忙，我如果說是，他便眉開眼笑地跟我出來，可是依然是走在我的後頭，我老是停下來對他說：

「阿富，你走過來嘛，讓我們走在一起！」

「二少爺，你先走，你先走……」他停下來，彎著背揮著手對我說，甚至還往後返了幾步。

阿富來了半年之後，我們全家都已經把他看成自己的親人。每回中秋節的晚上，我們總要叫他來我們家一起吃飯，可是他總是不肯，他只來到玄關，向我父母致謝，但任我們全家人怎麼拉他拖他，也不願上來與我們同桌吃飯，嘴裏一直說：

「不……不……不成，老爺，這怎可以？這怎可以？……」

無論怎麼勸也沒有效果，最後母親只好包了一大盤菜和月餅讓阿富帶到他的小倉庫去自己吃。即使如此，他也依然感謝得天都要塌下來。

有一件事最叫我們孩子感到新奇，每年元旦的早晨，當我們把門打開，便可以見到阿富早已穿好他那一套長袍馬褂，立在門外等著向我們全家報春了。他那一套繡滿了「壽」字的衣服是他從山東一路帶到台灣來的，已經跟著他好幾十年了，平時都細心收藏著，只等每年元旦才拿出來穿的。我們打開門請他進來，但他只來到玄關，一等我父母在客廳出現，他便往地上一跪，叩起響頭來，還大聲地呼道：

「老爺恭禧發財！太太恭禧發財！全家恭禧發財！……」

阿富這舉動弄得我父親尷尬萬分，連忙奔下玄關，把他自地上扶起來，嘴裏說著：

「阿富起來，阿富起來，怎麼可以這樣呢？」

最後，阿富又給我們四個孩子四個小紅包，說要給我們將來「中狀元做大官」的，害得我父親不得不再去城裏買些禮物回來送他。

可能是排行老二的關係，我天生喜歡逍遙自在，絕不像我哥哥，一回到家裏就乖乖地關在房間裏讀書；我一放下書包，老愛跑到屋外去閒蕩，因為不能離家太遠，所以只好常常溜到阿富的小倉庫去找他聊天……

有一天，阿富告訴我說——他是奴才，不但他自己是奴才，他父親也是奴才，甚至連他的祖父也是奴才……

「咱們三代都是奴才。」他說。

「奴才這種職業也可以代代相傳的嗎？」我疑惑地問。

「不是，二少爺，」阿富搖搖頭說：「我祖父娶了大老爺的婢女做媳婦兒，生了我父親，自然就是大老爺的奴才。以後這大老爺死了，大少爺當了小老爺，我父親就是小老爺的奴才。以後我父親又娶了小老爺的婢女做媳婦兒，生了我，自然就是小老爺的奴才。」

「阿富，照你這麼說，一個人當了奴才，他的子子孫孫便要永遠當奴才？」我更加疑惑地問。

「當然，二少爺。」阿富點點頭說：「咱們生時是老爺的奴才，死了做鬼還是老爺的奴才。老爺活著是老爺的奴才，老爺死了是小老爺的奴才……除非咱們湊足錢向老爺贖身。」

「贖身要很多錢嗎？阿富。」

「當然很多，二少爺，一生也湊不足的。」阿富說。

有一天，我問阿富說：

「阿富，阿富，你是怎麼到台灣來的？」

「二少爺，你問我，老實說，我也不知道。有一天兒，一夥兒說：『上船囉！』我也跟著人上船，昏頭兒昏腦兒的，在海上漂了個兩三天兒，一夥兒又說：『下船囉！』我也跟著人下船，下了船，又過了好多天兒，聽人家說『台灣』，才知道自個兒已經到了『台灣』。」

他說在大陸的時候，一生從來都沒聽人提過「台灣」，來到「台灣」才知道世界上還有「台灣」這麼一個島……

關於阿富的身世和當兵的經過，他斷斷續續跟我說了好多次。原來從他祖父到他三代都在山東一個小鄉的富豪之家當奴才，他一生經歷了滿清、民國、汪精衛三個朝代，親身飽嚐了八國聯軍、土匪和日本軍的砲火，幾次浩劫都平安度過了，可是最後共產黨南下，才把他和他「老爺」一家人全部沖散了，結果他沒有飯吃，只得去給國民軍當挑夫，挑了兩個月就正式給人當補充兵了。因為他一字不識，又說不出他自己的全名，在上的人才隨便給他起個「王克強」的名字充數，而那時他已經五十歲了，當兵嫌太老，在上的人為了獲得更上的人批准，只好給他少報十歲……

「阿富，阿富，」另一天我又問阿富說：「你說你當了二十年兵，你一共打過幾次仗？」

「一次也沒有，二少爺。」

「為什麼沒有？」

「我從來沒拿過槍桿兒，二少爺。」

「當兵沒有拿過槍？那麼你在軍隊裏做什麼？」

「我給連裏燒飯，給連長打水，來台灣後，還給連長太太抱小孩兒，給她買菜……二少爺。」他說。

阿富來我父親的小學當了六年校工，就在我上台北唸大學的那一年，他開始生病，離開了小學，到雲林養老院去休養。我父親每次路過養老院就去看他，而我自己每次寒暑假自台北回來也去養老院看他。阿富每回見到我都非常高興，只是告訴我說，他住在那裏，整天沒有事可做，感到非常不自在，他一直想再回到小學來當校工……聽完他的話，我對他說：

「阿富，你年紀太大了，教育局不可能再讓你回到學校工作，但沒有關係，你可以來我們家跟我們一起住，我媽媽可以照顧你。」

「二少爺，這怎可以？不成，不成……」他說。

自從阿富進了雲林養老院，每到中秋節，我們仍然照例送一大盤菜和月餅到養老院給阿富吃。那時，家裏除了父親只有我會騎機器腳踏車，所以母親都叫我送去養老院給阿富。

大二的那個中秋節，我照例又帶了一大盤菜和月餅去雲林養老院給阿富，這回我看他比以前瘦，比以前老了，他不大有胃口，送去的菜和月餅只嚐了兩口便不吃了。他似乎心事重重，一直悶著，好久好久才開口問我說：

「二少爺，你讀書識字兒，可以幫我個忙，給我在報上登幅廣告？」

「你登廣告做什麼？」

「找我山東的老爺，二少爺。」

「你找他做什麼？他跟你失去聯絡已經快三十年了。」

阿富看我反對，也沒話好說，只是悶了一會兒，才又繼續央求我為他登尋人廣告，說他可以出錢……

「阿富，這不是錢的問題，而是花了錢有沒有效果的問題。首先讓我問問你，你確定你的老爺也在台灣嗎？」

「不知道，二少爺，但說不定他在台灣，誰知道？」

「好吧，就算他在台灣，現在你告訴我，他叫什麼名字？你從來都沒跟我說過。」

「ㄔㄣˊㄑㄧˊ。」阿富用濃重的山東口音說。

「哪一個『ㄔㄣˊ』？是不是耳東『陳』？」

「不知道，二少爺……我不識字兒。」阿富搖搖頭說。

「嘖，唉……就算耳東『陳』吧，我想大概不會太錯的。可是『ㄑㄧˊ』呢？『ㄑㄧˊ』有很多字，有『奇怪』的『奇』，有『整齊』的『齊』，有『國旗』的『旗』，有『麒麟』的

『麒』……還有不知道其他幾百個『ㄑㄧˊ』字。阿富，你知道哪一個『ㄑㄧˊ』嗎？」

「不知道，二少爺，你才識字兒，我不識……」阿富搖搖頭說，眉毛開始打結了。

我又問了阿富，他從前住的那個山東小鄉叫什麼？他照樣又只給我濃重山東口音的地名，至於那地名怎麼寫，卻又比「老爺」的名字更加茫然了……

我坐在阿富的面前長吁短歎，才發現阿富比我更加失望，他滿眶眼淚，幾乎要掉下來了，忽然他抓住我的手猛搖，說道：

「二少爺，你要幫幫忙，幫幫忙……」

看阿富痛苦，我自己比他更痛苦，只好勉強答應了他，悶悶離開了雲林養老院。

以阿富給我的資料，想登報尋找他山東的「老爺」，不止是大海撈針，恐怕比太空尋針還要難吧。所以回到家裏，也不曾上報館去為阿富登廣告，倒是上了台北之後，我曾花了一些時間去尋找在台北的「山東同鄉會」，向他們打聽阿富「老爺」的下落，結果也沒有什麼消息，所以也就沒有回阿富，以後功課一忙，替阿富尋找「老爺」的事也就忘了。

第二年，我不但功課忙，暑假又上成功嶺去受預官訓練，所以整整半年，都沒能抽身去雲林養老院看阿富，倒是我父親仍然常常去看他，從來都沒有間斷，我從父親的來信得知阿富的健康愈來愈壞了，每回阿富見到我父親，總是吩咐他轉告我，回家後務必再去雲林養老院看他一次……

我於這一年的中秋晚上，又騎了機車到雲林養老院去看阿富，這回我大吃了一驚，阿富不但老得我幾乎認不出來，而且瘦得簡直像一支衣架。我送去的食物和月餅他連嚐也不再嚐了，他一見到我就忙著去翻一個大衣箱，從箱底找出一小包東西，是用古老的紅色絲綢小心包紮的，他一手拿著那小包東西，一手拉著我說：

「二少爺……咱們到外面去……」

我們慢慢走出養老院，來到附近沒有人的田間小路上，這時天空懸著明媚的中秋月，只是空氣有些涼，阿富不但舉步艱難，而且全身發抖，我不得不扶著他，以免他半路栽倒下來。

一路上，我們兩人都不說話，突然阿富在路邊站定了，他抬頭去望了一會兒月亮，然後低下頭來對我說：

「二少爺……你下回恐怕再見不到我了……」

「阿富，別那麼說，誰都生過病，誰也都好起來。」

「二少爺，我不是病，我老了……我今年已經七十八囉……」

我默默無語，找不到話好回答他……

「今天叫你來……是要你替我保管這個……」

說著，阿富把他手裏的那包東西交給我，我接在手裏，沉甸甸的，我多少猜出那裏面是什麼了……

「二少爺……我不吃、不喝、不嫖、不賭……我一有錢就去金鋪子買金塊兒，一生儲蓄都在這兒……」

我仍然沉默著，也不想去問阿富他為什麼要我保管那包金子，我等著他自己開口……

「二少爺……將來反攻大陸……再勞你拿這包到山東給我老爺……」

「給你老爺？給他做什麼？」我萬分疑惑地問。

「替我向老爺贖身……這若不夠，就等來生再還了……你知道，二少爺，咱們生時是老爺的奴才，死了做鬼還是老爺的奴才……除非咱們贖身……」

聽了阿富的話，我眼角突然一酸，幾乎想哭出來，不僅被阿富對他老爺的忠心而感動，更為他的愚魯與憨直而悲哀。我在想，反攻大陸不知要到何時才能成功？即使成功了，我又如何去找他山東的那個小鄉？即使找到那個小鄉，他的老爺不知早被中共下放到哪裏去了？大陸那麼大，我要到何處去找他老爺？即使找到他老爺了，他又何曾會記得三十年前他家沖散的一個奴才？……可是這一切常人的邏輯我如何去向阿富解說呢？所以我只好漫不經心地回他說：

「阿富，說不定你的老爺現在已不在人間了。」

「二少爺……如果老爺死了，就交給小老爺吧……你知道，老爺活著，咱們是老爺的奴才，老爺死了，咱們就是小老爺的奴才……」

對阿富的話，我十分不以為然，只是我不願意再跟他議論罷了。可能阿富也看出我的心意，他冷不防在地上跪了下來，雙手抱住我的膝蓋，哭喪地哀求我說：

「二少爺，幫幫忙……二少爺，幫幫忙……」

我投降了，我滿口答應阿富，一邊急著把他自地上扶起來，扶著他回養老院，一路上他還吁吁地對我說：

「謝謝二少爺……謝謝二少爺……」

回到家裏，我把阿富的金子收藏起來，第二天便上台北去了。這整個學期我一直都沒有回家，家裏的來信也沒提起阿富的事，直到年底回家過年時，家裏的人才告訴我阿富已經去世了，他的骨灰是父親親自給他收埋的，就埋在我們雲林山上的祖墳裏。

第二天，我獨自一個人騎了機車上我們的祖墳去看阿富，他的墓就在我祖父旁邊，與其他的墓同列一排，他的墓碑上刻著：「山東王克強先生之墓」，我一邊看一邊想，此後再也沒有人會叫他「阿富」了，而且他也不必永遠退縮在別人的後頭了……想著這些，那句黑奴著名的靈歌倏然閃過腦際：「自由了！自由了！感謝上帝，我終於自由了！」我的眼淚不禁潸潸地滾下來……

回到家裏，我把阿富託我保管的那包金子找出來，又騎機車把金子送去給雲林養老院的管理員，說是阿富生前託我等他死後捐給養老院的。我這樣做雖然違背了「阿富」的心意，但我深信「王克強」地下有知，他大概會原諒我吧……

老詹說完了故事，全場鴉雀無聲，很久以後，方太太才打破沉默歎息地說：

「唉！一個人忠心到這個地步，實在也是十分可悲的事情。」

「真慶幸我父親不是奴才！」一個女士接著說。

「好在奴才時代已經過去了！」另一個男士附和著說。

老詹沒有回應，彷彿為了表示對奴才制度的一種抗議，他自地上立起，獨自一個人走到花園的盡頭，去望那當空正圓的中秋月……

〈奴才〉導讀

◎應鳳凰

形式上它是一篇萬字不到的短篇小說，內容主軸則集中刻畫一位退伍老兵。小說透過敘述者老詹的回憶及描述，彷彿用文字代替畫筆為「阿富」畫像。我們不僅認識他的身世背景，言行舉止無不躍然紙上。

小說裡初次亮相，阿富已經七十歲。作者為他安排的出場情境，設在中部一間鄉下小學。故事敘述者，是這家小學校長的小兒子。換言之，以一位外省退伍老兵，迢迢來到純樸農村小學當校工的場景，從主角與配角，人物與環境的格格不入，兩相對照下，愈突顯在地人與異鄉人雙方面對的「文化衝擊」，更折射出大陸人與台灣人在傳統觀念、社會制度上的巨大差異。

對於敘述者及家人來說，阿富哈腰稱父親「老爺」，叫他們兄弟「少爺」，走路時輕易不敢與他們並肩，也不敢同桌吃飯，鎮日卑微地以奴僕自居，讓未有奴僕制度的鄉村人家非常不習慣也不舒服。但年老的阿富謙卑而勤快，大大改變了一向「唐山人」給鄉村小學造成的惡劣印象。

小說透過敘述者與阿富有如忘年交的互動關係，將阿富身世逐一呈現出來。原來他們父祖三代在山東一個富豪之家當奴才。他一生經歷了滿清、民國、汪精衛三個朝代，備嚐八國聯軍、土匪與日本軍的砲火，國共內戰更糊里糊塗給國民黨拉去當挑夫、又莫名其妙跟到台灣，在軍隊底層當了多年勤務兵。

雖集中描述一位人物，卻看得出攝影機的鏡位，敘事的角度皆站在同情的立場。此一視角，相較於同時期其他寫「退伍老兵」的小說，如張大春〈四喜憂國〉，悲憫之心愈加突出。雖然取名「四喜、阿富」，相對於他們的貧窮、孤苦，同樣充滿反諷意味，然而張大春小說全篇出以譏諷或嘲謔的筆調，如主角職業挑水肥，娶肥胖山地老婆名「古蘭花」，而所謂「憂國」指的是認不到幾個字的四喜寫出一篇「總統文告」，投報不成沿街散發。同樣寫退伍老兵，因題材視角不同，老兵形象大有差別。

「奴才」作為名詞是「下人」的同義詞，用於形容詞如某人具「奴才性格」詞意更加不堪，兩者都帶有貶意。本文以「奴才」為題，卻非批判或嘲謔，而是另有深意。阿富孑然一身老境孤苦，更令人同情的是：即使離鄉多年，他仍認定若非錢財贖身，則永世都是奴才，死後也不能倖免。其忠心讓人感動，其愚魯令人悲哀。小說不僅描繪一個堪憐的中國老兵，從他身上更看到階級觀念的牢不可破，身分制度之難以逾越。人為制度、階級、身分常是無形枷鎖，耗盡一生都掙不開擺不脫，阿富可以是一個例子，也是一面鏡子。

〈魂轎〉

小虎的祖父死了，因為是長孫，依照村俗，出殯時小虎就得乘由四個苦力合抬的魂轎，隨祖父的棺木上山，道士自會在魂轎內安置五升米穀，上面插祖父的魂帛，並放五穀種子、銅幣、鐵釘……以象徵五穀豐盛、錢財滾滾、子孫繁榮……待棺木入土，道士便將五穀種子撒在墳地，然後抓一把墳土放在米殼之上，連同留存的幾粒種子，再由小虎乘魂轎擡回下山。

早在小虎祖父過世的次日，小虎的父親便請村民在他們祖居的三合院磚厝中間的曬穀埕搭起帳篷，擺設靈堂。一等祖父入殮封棺，就由苦力將棺木自屋裡的正廳移到屋外的靈堂，隨後和尚與道士便在靈堂誦經做功德，連著幾天幾夜，木魚、古吹、鑼鼓、鐃鈸……之聲如雷灌耳，吵得全村鷄犬不寧，叫小虎食不下嚥，睡不成眠，愁悶到了極點。

出殯的吉時吉日是請鎮上的地理仙精選細擇的，時刻訂在下午三點。難得出殯這天的中午，因為法事都已辦完，而且為安慰祖父亡魂而做的「食火」與「吞劍」的特技也表演完了，靈堂頓然安靜下來，裡面連半個人影也沒有，小虎才悄悄溜了進去，先輕輕用指尖碰一下祖父的棺木，看看右壁的「二十四孝圖」，再膽戰心驚地乜乜左壁的「十八層地獄圖」，然後來到靈桌前。那靈桌豎著祖父的魂帛，上面用毛筆寫了他的生死年月日，桌前拈香用的香爐已熄滅成灰，旁邊一捲塔形的迴紋香仍然點燃著，一線孤煙直上篷頂。靈桌後面的整座牆都用白菊綴飾著，滲出一股潮濕愁慘的幽香，祖父的遺像就掛在正中央，因為是臨時拿舊照片去沖洗放大的，所以顯得浮腫，不似平時的祖父……小虎怯怯地扶著靈桌的一隻腳，抬頭凝望祖父的照片有好一會，終於喃喃對祖父說了起來：

「阿公，下午小虎要坐魂轎送你上山去，以後你要一直住在山上，不能下來跟小虎一起玩了。阿公，你那麼疼小虎，小虎好想你哦。阿爸在阿公進棺材的時候，把阿公最愛的菸斗也一起放進棺材裡面。阿爸是阿公最大的兒子，小虎是阿公最大的孫子，阿爸送阿公一件東西，小虎也要送阿公一件東西。阿公，請你說一聲，你愛小虎的什麼東西？就是小虎最愛的東西，小虎也願意送給阿公，只是不能放進阿公的棺材裡面，因為他們已經把阿公的蓋子蓋起來了，就等阿公上山入土的時候，再放在阿公的棺材上面吧……」

小虎等待著，盼望祖父會開口說話，不必多，一句就好。偏是靜靜地，祖父一聲也不響，叫小虎十分失望，於是垂下頭，歎息起來……猛地，小虎想起初一十五母親拜神時往地上扔的那對「神杯」來，記得幼時有一回小虎問母親說：「媽媽，這『神杯』是做什用的？」母親解釋道：「拿來問神明用的，如果兩只『神杯』一正一反，『有杯』，表示神明喜歡；如果都是反的，『無杯』，表示神明不喜歡；如果都是正的，『笑杯』，表示神明沒有意見。」小虎私忖道：「阿公死後已經升天變做神明，小虎為什麼不拿『神杯』來問阿公呢？」於是便溜出靈堂，奔進三合院的正廳，以孤椅頭做墊，爬到乾漆油面的佛桌上，偷偷摸了觀音菩薩前的那對紅色月形的「神杯」，又悄悄溜回靈堂，對著祖父的照片，雙手合握「神杯」，親暱地說了起來：

「阿公，你還記得小虎五歲的時候，你送一隻胖小豬給小虎做生日，教小虎把零錢放進胖小豬的肚子裡？現在胖小豬的肚子已經好滿好滿哦。小虎要把胖小豬跟胖小豬肚子裡的所有錢都送給阿公，放在阿公的棺材上面，請阿公告訴小虎，阿公愛不愛？……（扔杯，兩只皆反）……啊，無杯！」

「阿公，前年大姑姑帶小虎去『台北動物園』玩，看完了所有動物，大姑姑問小虎最愛什麼動物？小虎說長頸鹿，大姑姑就在動物園的店裡買了一隻長頸鹿給小虎，這長頸鹿的毛好柔好軟哦，小虎晚上都抱在床上睡覺，好舒服哦。小虎要把長頸鹿送給阿公，放在阿公的棺材上面，阿公愛不愛？……（扔杯，兩只皆反）……嘖，無杯！」

「阿公，去年小姑姑到美國去旅行，買了一副美國的新撲克牌回來給小虎，好光滑，好漂亮哦，小虎都藏起來，不願拿出來跟同學玩，只拿那副台灣的舊撲克牌跟同學玩。小虎要把美國的新撲克牌送給阿公，放在阿公的棺材上面，阿公愛不愛？……（扔杯，兩只皆反）……唉，又無杯！」

「阿公，今年小虎上了國小一年級，勞作課的時候，老師教我們用塑膠片黏太空船的模型，小虎做得好棒好棒哦，得了全班第一！我要把太空船送給阿公，放在阿公的棺材上面，阿公愛不愛？……（扔杯，兩只皆反）……嘎，還是無杯！阿公，你什麼都不愛，你到底愛什麼？」

小虎把下巴擱在雙手合握的神杯上，低頭沉思了一會，側起頭來對祖父的照片說：

「啊，小虎怎麼沒有想到？阿公一生最愛的，除了抽菸便是釣魚了……阿公，小虎就把你的魚桿送給你，放在阿公的棺材上面，請阿公說說，阿公愛不愛？……（扔杯，兩只皆正）……哇，笑杯！」

這表示阿公沒有意見——既不反對也不贊同小虎把他的魚桿放在他的棺材上面，那麼阿公究竟喜歡什麼呢？小虎就一直循著魚桿的方向往前搜索，終於靈犀一點通，興高采烈地叫了起來：

「阿公，你平常最愛帶小虎一起去渡船頭釣魚，對不對？你要上山了，以後不能再釣魚了，所以你想在上山之前，跟小虎去渡船頭釣最後一次魚，對不對？好，小虎現在就帶阿公去，請阿公說說，阿公愛不愛？……（扔杯，一正一反）……有杯！有杯！哈，哈，哈……」

於是小虎奔返三合院的正廳，把神杯放回觀音菩薩的跟前，到土礱間找出大小的兩支釣魚桿和盛魚用的竹簍，一逕往渡船頭飛跑而去……

渡船頭在溪的上游，離村子有一箭之距，從前村民想到溪對岸，都到渡船頭去坐渡船，自從鄉公所在溪的下游築了一座水泥橋，就沒有人再坐渡船，於是渡船頭便荒廢了，變成村民垂釣的好地方。當小虎來到的時候，渡船頭的木板上一個人也沒有，因為安靜而涼爽，他頓覺心曠神怡，一時將幾天來的愁悶都拋到九霄雲外了。他把兩支釣魚桿平放在木板盡端，拿兩塊破磚鎮壓著，再把竹簍的繩子環住木柱，讓竹簍在溪中隨水搖曳，然後托頤盤坐，一邊注視水面的兩粒乒乓球似的浮筒，一邊幽幽地想起阿公來……

阿公是農夫，生了一大堆孩子，其中只有阿爸跟阿叔兩個是男的。阿公是很重男輕女的，阿爸跟阿叔結婚後，都生了幾個女孩，阿公都不看在眼裡，天天只盼望他們生男孩，一直等到阿公六十一歲的時候，小虎才出生，阿公高興得什麼似的，從此宣佈退休，把田地全部給阿爸去耕種，一心一意來撫養小虎。阿公非常疼小虎，自小虎斷奶開始，阿公就天天抱小虎去睡覺，等小虎會走路，阿公就天天帶小虎去土地公廟的老人堆裡展覽，對每個新來的老人得意地說：

「這阮孫啦！我肖虎，伊也肖虎，所以阮厝有兩隻虎，一隻大虎，一隻小虎。俗語話在講『將門出虎子』，即句話對阮厝講膾通，伊著愛改做『將門出虎孫』才會通。哈，哈，哈，哈……」

然後等小虎跟鎮裡來的小朋友學會第一支童謠，阿公就等不及帶小虎去土地公廟向阿公的老朋友炫耀，教小虎唱給大家聽，小虎只好唱了起來：

兩隻老虎，兩隻老虎，
跑得快，跑得快。
一隻沒有耳朵，一隻沒有尾巴，
真奇怪，真奇怪。

大魚桿的浮筒忽然左右搖擺，做出柔美的律動，小虎連忙將魚桿拉起，魚鈎勾上來一把枯爛的水草，他把水草清除乾淨，又將魚鈎與浮筒拋入水中……

阿公是很疼小虎的，所以把他童年玩過的遊戲都教給小虎，其中最叫小虎快樂的便是放風箏了。有一天，阿公看小虎為別的村童放在天空的風箏著迷，便帶小虎到鎮上一家古老的店鋪，買了五兩細絲麻線，回家用筷子繞成紡錘，當夜便動手做起一只半人高的陀螺風箏來。做完風箏，等不及隔天紙乾，公孫兩人便一個提風箏一個端紡錘，雙雙到野外空地，跟別的村童放起風箏來，當那陀螺風箏升上藍色的天空，而阿公再把拉住風箏的紡錘線交在小虎的手中，小虎眞的快樂到了極點。

「阿公，你小的時候，你的阿公也跟你一起放風箏，對不對？」小虎一邊望陀螺風箏拖著尾巴在空中搖擺，一邊天眞問阿公說。

「否，我的阿公不但沒跟我做陣放風吹，顛倒加我做的蜈蚣風吹用腳踏踏歹。」阿公搖頭回答，歎息起來。

小虎大感不解，便問阿公為什麼，於是阿公才絮絮跟小虎說了阿公悲傷的童年往事——那時阿公才九歲，也跟小虎現在一樣，很愛放風箏，就是沒有錢買，只好自己做。阿公用了整個月的時間，偷偷撿竹子，偷偷削竹子，偷偷綁骨，偷偷糊紙，終於做出了一只九節的蜈蚣風箏，就等紙乾第二天要拿出去放了。這一夜，他的阿公突然闖進他做風箏的土礱間，一句話也沒說，便將他苦心做好的風箏摔在地上，用腳踩得稀爛，破紙斷竹四處散，但他只兩眼睜睜的，一聲也不敢哼，等他的阿公心滿意足，大步跨出土礱間，他才往地上坐下來，放聲大哭……

小魚桿的浮筒輕輕抽動了幾下，靜止下來，又開始抽動，然後又靜止，小虎慢慢將魚桿舉起，拉上來一隻黃鉗的螃蟹，不是被魚鈎勾住，而是用鉗夾住鈎上的蚯蚓，一旦發覺被拉出水面，即刻把鉗一鬆，噗通一聲，掉進水裡去了……

阿公閒來最喜歡做的兩件事便是抽菸跟釣魚，抽菸只是阿公的事，小虎沒份，可是釣魚，小虎就有份了，小虎差不多才學會走路，阿公便帶小虎到渡船頭跟阿公一起釣魚了。起初小虎只是看著阿公釣，不久小虎自己也要釣了，可是阿公的大魚桿小虎提不動，而鎮上又買不到小虎提得動的小魚桿，阿公只好去砍了筱竹來自己做，給小虎做了一支又小巧又玲瓏的小魚桿，從此家裡不但有兩隻老虎——一隻大老虎，一隻小老虎；而且有兩支魚桿——一支大魚桿，一支小魚桿，公孫兩人幾乎天天各提魚桿到渡船頭釣魚，從小虎小釣到小虎大，好不快樂！阿公不但把釣魚的技術都教給小虎，而且還告訴小虎許多對待魚的道理：

「魚實在眞可憐，因為腹肚餓才著四界討吃，因為四界討吃才會吃著土蚓仔，因為吃著土蚓仔才會給人釣起來，因為給人釣起來才會去給人煎給人炒，……總講一句，是命運註定的，不是家己做得來的，所以倆著愛可憐伊，著愛對待伊較好咧，欲安怎對伊較好咧？就是釣起來了後不通隨給伊死去，先加伊放在魚簍仔內，將魚簍仔浸在溪底，給伊有水，活愈久愈好，沒到最後一分鐘，千萬不通給伊嘴乾死去……」

大魚桿的浮筒沉了一下又浮起來，沉了一下又浮起來，如此持續好久，一直都沒停止，叫小虎不得不把魚桿猛力拉起，釣上來一隻金錢魚，不是勾住嘴，只是勾到鰭，所以在空中掙扎一會，翻了幾下白肚，便脫了鈎，跳回水中去了……

阿公只有兩個孫子——小虎跟小龍，小龍是阿叔的兒子，晚生小虎兩年，因為不是長孫，阿公疼小龍比起疼小虎就差了一大截。就像胖小豬，阿公買給小虎，就不買給小龍；再像按摩，阿公教小虎按，就不教小龍按，因為阿公是按摩才給錢的哦，每回給了錢，阿公就教小虎把錢放進胖小豬的肚子裡，所以胖小豬就愈來愈重了。給阿公按摩有幾個特別的步數，這都是阿公規定的，就像捶背時要用拳頭，搥額時要用掌肚，按眼睛時要用兩隻中指，挖耳朵時要用兩隻尾指……開始的時候，小虎常常按錯，於是阿公便搖頭叫了起來：

「不著，不著，掠龍不是安倪掠的！」阿公伸手來糾正小虎：「著愛安倪才著！」

有時意猶未足，阿公甚至自床上爬起來，教小虎躺下去，讓阿公替小虎按摩，示範給小虎看。阿公按著，按著，突然心血來潮，伸手到小虎的脅下，為小虎搔起癢來，小虎全身絞扭著，向阿公懇求道：

「阿公，不要啦……阿公，不要啦……」

可是阿公卻越搔越有興致，最後教小虎忍耐不住，滾到床邊，赤足跑了，這時阿公才笑嘻嘻，自口袋摸出菸斗，填了菸絲，點火抽起菸來……

一隻蜻蜓飛來停在小魚桿上，兩隻大眼睛是黑色的，瘦瘦的身子是綠色的，長長的尾巴則是紅色的，漂亮極了，不禁教小虎心跳起來，便匍伏著，悄悄爬了過去，一邊爬還一邊用食指繞著蜻蜓的尾尖在空中畫圈圈，愈靠近蜻蜓圈子愈小，等圈子小到幾乎要成點的時候，小虎突然向前一捏，抓住了蜻蜓鼓脹的尾巴，沒料到蜻蜓弓背彎腰，回身往小虎的手指猛咬一口，小虎忍不住鬆了手指，任蜻蜓劈啪飛到對岸去。實在坐久太累了，小虎遂改變姿勢，斜躺下來……

阿公疼愛小虎是村上的大小無人不知的，這份對長孫的鍾愛隨著小虎的成長而更形增加，公孫兩人四時都如影隨形，像土地廟的老人說的「不時褲帶結相黏」，即使小虎上了國小一年級，仍然沒有改變，每天早上阿公一定帶小虎到鎮上的學校上課，每天下午阿公一定在學校門口等小虎放學帶他回家，整整帶了一年，終於受到同學的恥笑，說小虎像三歲小孩，給阿公帶來帶去，教小虎滿臉通紅。有生以來第一次感到受阿公的過分疼愛是一種羞恥，才央求阿公不必帶小虎到學校去，小虎自己去自己回就可以了。阿公開始不答應，但看小虎執拗而且生氣的樣子，才依小虎，可是阿公嘴是那麼說，每天小虎上學，阿公還是偷偷在小虎後面尾隨，教小虎跺腳蹬蹄，回頭生氣地大叫起來：

「阿——公——！」

「好，好，阿公漫踻，阿公……」

阿公順從地說著，隨即轉身閃進路旁的電線桿後面，一直躲在電線桿的陰影裡，目送小虎跨過教阿公心驚肉跳的十字路口……

大魚桿的浮筒輕輕抽動一下，然後在水面畫「8」字，漣漣畫個沒停，小虎把魚捍拉起，釣上來一隻菸斗小的鯽魚，因為魚鈎牢牢勾住魚的嘴巴，任魚怎麼掙也掙不脫，小虎叫了起來：

「啊！阿公——，你釣到一隻小魚啦！」

小虎小心把魚鈎自魚的嘴巴拔出，輕輕把鯽魚放進竹簍，仔細把蓋子蓋好，最後將竹簍深深浸入溪水中，又開始釣魚……

阿公太疼小虎，所以什麼都依小虎，只有一樣阿公偏是不依，那便是阿公的菸斗。上了國小一年級後，老師天天在課堂上對小朋友說抽菸不好，會傷害身體，會得「肺ㄞˊ」，教小朋友回家要勸爸爸媽媽不要抽菸。小虎的爸爸媽媽不抽菸，所以小虎不必勸爸爸媽媽；只有阿公抽菸，所以小虎就勸阿公不要抽菸，會害身體，會得「肺ㄞˊ」，可是阿公偏是不依，只對小虎搖頭微笑，繼續抽他的菸斗。有一天公孫兩人又來渡船頭釣魚，看阿公抽完一泡菸斗之後，小虎對阿公說：

「阿公，你把菸斗借給小虎看看好嗎？」

「菸吹就是菸吹，有啥通好看？」

「可是小虎就想看看，阿公借小虎看一下好嗎？」

阿公終於愛不忍釋地把抽了不知幾十年的老菸斗遞給小虎，小虎接了菸斗就做出要把菸斗扔進溪裡的姿勢，只見阿公猛搖雙手，連說：「不通！不通！」可是小虎卻顧不得，依照早先想好的計策對阿公說：

「阿公，請你說一聲，你愛小虎呢？還是愛菸斗？」

「小虎及菸吹，阿公兩項攏也愛……」

「但是哪個比較愛？小虎呢？還是菸斗？」

「當然也是小虎……」

「好！愛小虎就不能愛菸斗，老師說抽菸會傷害身體，會得『肺ㄞˊ』，因為小虎愛阿公，不願阿公傷害身體，得『肺ㄞˊ』，所以要把菸斗丟到溪裡去。」

說罷，小虎顧不得阿公的懇求，執拗地把菸斗扔到溪底去了……

阿公果然戒了菸，小虎正私下為阿公高興，而土地廟的老朋友也個個為阿公恭賀戒菸成功，沒想到一個月後，阿公又偷偷到鎮上買了一只新菸斗，重新抽起菸來，土地廟的老朋友見了，個個都問阿公說：

「你敢不是戒菸ㄚ？哪會復吃？」

「唉，人生來日方短，吃給死較贏死沒吃。」阿公微笑地回答。

小魚桿的浮筒猛烈抽動三下，深深被拖進水中，連魚桿也向下彎成九十度，小虎用了九牛二虎之力，才把魚桿拉上來，釣起一隻胖小豬大的鯉魚，小虎不禁歡天喜地大叫起來：

「哇！阿公——小虎釣到一隻大魚啦！小虎贏你！小虎贏你！哈，哈，哈……」

小虎把深吞進鯉魚肚子裡的魚鈎用力拔出，雙手捧進竹簍，把蓋子蓋好，將竹簍浸入溪水中，又繼續釣起魚來……

阿爸跟阿叔兩家各住三合院的兩邊廂房，平時兩人在曬穀埕相遇就從來不打招呼，這回為了阿公的魂轎，兩人更大吵了一頓。本來依照村俗，阿公出殯時，由小虎一個人獨坐魂轎，可是阿叔卻要小龍跟小虎一起坐，說：

「平平是孫，為什麼𣍐使二個同坐魂轎？」

「孤大孫才會使坐魂轎！啥人叫你生二的，不生大的？」阿爸回嘴說。

阿叔不服，訴諸幾個「哭路頭」回娘家「守靈」的姑姑，她們也都站在阿爸一邊，說阿爸說的才對，這給阿爸爭回很大的面子，所以阿爸才會拍拍胸膛，對阿叔說：

「什麼都給你占風頂旁！什麼都給你占風頂旁！孤孤這魂轎，do-re-mi，你做你免想！」

說到阿叔占便宜的事，每回阿爸講起就要咬牙切齒，原來阿爸是大兒子，念完小學就必須跟阿公耕農，阿叔是二兒子，念完小學不必耕農，還可以念中學，所以中學畢業後才能夠做代書，天天到鎮上的代書事務所上班……但最叫阿爸生氣的是——阿公退休後，阿叔自己寫好同意書，強迫阿公簽字，把阿公的田地一分為二，阿爸得一半，阿叔得一半。本來跟阿公說好，阿叔的一半田地由阿爸承租，事後阿叔偏偏把他的田地賣給別人蓋工廠，讓阿爸只剩阿公的一半田地可耕，也難怪阿爸會氣成那個樣子，發誓以後不再跟阿叔說話，只是這回阿公死去，為了魂轎的事情，才不得不跟阿叔大吵一頓，還好阿爸總算爭回面子，大大出了一口氣……

因為連著幾天幾夜沒睡，小虎不覺酣然睡去，等被冷風吹醒，天上已烏雲密佈，大有暴雨欲來之勢了。到底睡了多久，小虎完全不知道，他只知道祖父要出殯，他得趕快回去坐魂轎，想著，頭也不回，拔腿便往三合院飛奔而去……

等小虎跑到家，他才發現出殯的人隊早已回來，曬穀埕的靈堂已經拆了，空下來的帳篷擺了幾桌酒席在慰勞親朋，第一道冷盤正開始上桌……

小虎從背後被父親一把擒住，接著雷雨般的巴掌便連連往他臉上落了下來，還聽見父親暴怒的罵聲：

「幹您奶！使您奶！規下晡死去嘟？通四界找攏無，魂轎才給人坐坐去……行！行！今日沒活活打給你死，我氣𣍐消……」

說罷，就把小虎拖往土礱間，讓小虎邊哭邊求道：

「不敢啦……阿爸，不敢啦……阿爸，不敢啦……」

來到土礱間，小虎的父親找到屋角的扁擔，就要往小虎的身上斜劈下去，幾個姑姑早已聞聲趕來救援，特別是那個體粗力壯的大姑，她把小虎父親的扁擔自他手中搶走，嚴聲厲色地苛責他說：

「哪有人教囝仔教即偌款曲的？你是不是棺材一具嫌沒夠，想欲二具提來鬥？您有彼中國性命，阮也沒彼美國時間！」

而那瘦細精靈的小姑，則趁小虎父親不備的時候，一把將小虎拉走，牽到帳篷的桌邊，揀了冷盤上最大的一粒滷蛋，塞進小虎哭歪的嘴巴……

這一晚，下了整整一夜的傾盆大雨，在連綿的滴雨聲中，三合院的人間歇聽到小虎「不敢啦」的夢囈聲……

等小虎次日醒來，雨已停止，天開始放晴，這才想起昨天釣魚的事情，便趁他父親忙於拆撤帳篷之際，悄悄溜出三合院，往渡船頭跑去……

來到渡船頭，小虎才發現昨夜水漲，兩支釣魚桿已被溪水流到大海去了，木板上只留下兩塊淤泥的破磚。至於那盛魚的竹簍，好在昨天繩子拴牢，依然在溪中隨水搖曳著。小虎將竹簍自水裡提起，那蓋子不見了，裡面空空的，兩隻魚都跑掉了……

回三合院的路上，小虎拎著空竹簍，一邊踢地上的石子，一邊自言自語地說：

「阿公，魚實在眞可憐……阿公不要再釣魚，也教小虎不要釣魚，所以把魚放生啦……阿公，請你說一聲，對不對？……」

〈魂轎〉導論

◎應鳳凰

——阿公，下午小虎要坐魂轎送你上山去，以後你要一直住在山上，不能下來跟小虎一起玩了。

小男孩對祖父遺照說的童言童語，雖短短幾句卻能為整篇小說「解題」。不但描出「魂轎」的形象功能，也透露兩位主角人物：小虎與祖父間無可取代的親密關係。

〈魂轎〉結構細密完整，全篇層次分明地營造了的兩個世界——現實的世界，以及神靈的世界。「魂而須乘轎」，題目「魂轎」二字，正是兩個世界「連結」的表徵。「現實世界」是祖父的喪禮，以及圍繞著「長孫小虎」種種儀式，包括父親叔父的爭產與爭吵，親戚間爭面子害小虎挨上一頓痛打。幸虧「現實時間」不長，從首日葬禮到隔天風雨過後，全程只短短兩天。也幸好在吵雜的現實世界之外，還有一個廣大無邊的「非現實世界」。在這裡，作者以蒙太奇跳接手法呈現小男孩的往日追憶，透過小虎與祖父之靈對話，隨時「倒帶」回到過去時空，重溫兩人共有的美好歲月。

作者把一老一小親密相處的細節，刻畫得歷歷如繪。從小虎斷奶，阿公就天天抱小虎去睡覺；能走路則帶到廟口老友的聚會去炫耀。最快樂是阿公教小虎放風箏、兩人坐溪邊釣魚的畫面。祖孫如影隨形，直到小虎日漸長大不再讓阿公送到學校，勸阿公戒菸的歷程，一幕幕親情洋溢，溫馨而動人。

阿公是小虎最親近的人，兩人溝通並無障礙。前引小虎對遺照說話，雖然照片不能回答，沒有關係，小虎改用「神杯」：他扔出一正一反神杯，就是祖孫間的對話。祖父死後位置對調，變成小虎帶阿公神靈來到溪邊釣魚。通過一段段回憶，如小虎要賴把菸斗丟進溪底，如阿公教小虎釣魚同時教「對待魚的道理」：魚簍要浸水中，別讓魚嘴乾……，此中深藏愛護大自然的哲理及其傳遞過程。

小說結尾，小虎酣睡錯過「魂轎儀式」而遭父親毒打。「兩個世界」對比，現實世界虛偽、吵鬧而痛苦，就小虎而言，神靈世界更容易溝通，充滿美好回憶。兩個世界相互映照下，更彰顯醇美的祖孫之情，切身的環保主題。孫子幫助阿公戒菸是其一，小說末段，小虎提著魚跑了的空竹簍喃喃自語：一定是阿公教小虎不要釣魚，所以把魚放生啦……。隨著小虎「護生」理念的領悟，「兩個世界」再度合而為一。若說魂轎儀式代表傳承，憑著小虎與阿公之間的良好默契，喪禮當天有沒有坐在魂轎裡根本就無所謂了。

〈黃玫瑰〉

勸君莫惜金縷衣，
勸君惜取少年時。
花開堪折直須折，
莫待無花空折枝。

——唐．佚名．金縷衣

「玫瑰玫瑰，情人玫瑰……一朵八十，兩朵一百；送給伊人，甜情蜜愛……」

杜太太來到超級市場的時候，迎面聽到一個高中衣裝的女學生，梳了兩條髮辮，挺著一只花籃，在向每位進門的男士兜售玫瑰。那玫瑰紅、橙、白、黃，各顏各色，嬌鮮欲滴，人見人愛，只是杜太太不忍久看，她稍稍把視線自那花籃移開，深深歎了一口氣。十年來，每回走進這超級市場，她便感到莫名的孤獨，尤其像今天這「情人節」，她更覺得無端的寂寞……

往時每個禮拜六下午，她那在大安區的「中小企業公司」分社當襄理的「老杜」，一下班回到家裡，就脫下西裝，套上他愛穿的那件寬鬆的藍色毛衣，陪她來他們公寓附近這家超級市場買菜。他本來就稚氣未脫，又喜歡把頭髮從頭心梳向兩邊，使他看來更加年輕，他隨時都跟在她身旁，替她推車，還像小孩似的，在她身旁嘰嘰呱呱說個不停，只有兩個地方他不願跟她——便是雜誌攤與生魚攤，每次來到這兩個攤子，他就把車推給她，駐足生根，一逕聚精會神看起書來或觀起魚來……

杜太太推著車子，經過一排排貨架之間的走廊，踽踽往市場一端的藥房蹭去。到時，那櫃台前已站了五、六個買藥的病人，杜太太只好跟人排隊等候起來，一旦靜止下來，首先浮現在她腦海的便是——「福無雙至，禍不單行」這個念頭，一點兒也沒錯，杜太太自己就是明證，「老杜」在時，她從來也不輕易生病，可是他一走，她就百病叢生，開始是過敏、腰痠、胃痛……一些小毛病；過後是五十肩、糖尿病、高血壓……一些大毛病，而且愈來愈嚴重，幾乎每禮拜都得去看一次醫生，而每回來這超級市場的第一件大事，便是拿醫生開的藥單向藥房買藥……

「人多，配藥又花時間，妳可以先去買菜，一個小時再回來拿藥。」那櫃台上的藥劑師習慣性地對杜太太說。

「我知道。」杜太太機械似地回答，推著車子，離開藥房。

那菜攤在市場的另一端，與這藥房有相當一段距離，當她獨自推車一個走廊接一個走廊慢慢向前行去，一股悲涼的情緒照例向她襲來，「老杜」慘死的陰影又幽幽地在眼前顯現。那天早上，他跟往日一樣，穿了西裝，結了領帶，挾著他的公事包，搭公寓前的巴士去公司上班，他先在國父紀念館下車，當他立在仁愛路口的人行道上等候綠燈以便過馬路的時候，一部超速闖燈的機車由馬路猛然衝上人行道，將「老杜」斜刺撞倒，在石磚地上拖了十幾尺，雖經路人到附近的國泰醫院呼救，可是等救護人員趕來把他抬進救護車，他已氣絕死亡了。杜太太是接到警察的電話通知，才上國泰醫院去看「老杜」的，到了醫院才發現原來他是肝臟碎裂失血過多致死的，死時已皮肉模糊，肋骨折斷了十二支。警察告知杜太太，闖禍的是一個在股票行就職的女人，但她堅不認錯，推說是她後面的另一部機車先撞了她，她才會去撞「老杜」的，而那肇事的則是一個失業的工人。「老杜」的葬禮已令杜太太悲不自勝，往後漫長繁複的官司更使她身心交瘁，最後判決下來，那工人因沒買保險被判坐牢三個月，而那女人因買了保險便由她的保險公司賠償幾十萬。那工人判完刑倒沒說什麼，可是那女人儘管由保險公司替她賠錢，當晚竟還打電話來給杜太太，對她冷嘲熱諷道：「現在賺了大錢！妳總該滿足了吧？」什麼賺了大錢？連喪葬費都不夠！撞死人不但沒有一絲悔意，判決後還出此狠言毒語，借問蒼天，茫茫人間，慈悲何有？良心安在？……

杜太太走過一排三層的貨架，那架上擺滿蠟燭與燭台，蠟燭紅、肥、綠、瘦，各色各樣，整齊無缺；燭台則有鍍金、鍍銀、黃銅、不銹鋼，琳瑯滿目，無奇不有，望著這些夜明之具，不免叫杜太太憶起她與「老杜」的那一席「結婚二十週年」的歡宴來。那一夜，為了慶祝他們夫妻二十年的「鶼鰈深情」，「老杜」特別帶她到國賓飯店最高的頂樓餐廳，選了一個幽靜的角落，一邊俯瞰台北燦爛的夜景，一邊享受桌上豐盛的美宴。其間，撫今惜古，重溫舊夢，不必提；「老杜」甚至還心血來潮，拜託那侍應生替他們的桌子增添兩支蠟燭，那侍應生問道：「請問是為什麼？」「老杜」驕傲地回答：「為了慶祝我們二十年的美滿婚姻啊！過沒多久，那侍應生不但捧來兩支點亮的白甌紅燭，那餐廳的老闆更親自端來兩杯高腳的透明香檳，打拱作揖，笑為他們祝賀……

「我們的愛情能繼續多久呢？再二十年有吧？」老闆走後，杜太太不經意地問。

「豈止二十年？天長地久，連綿不斷！」「老杜」自信地答。

沒料一語成讖，次日「老杜」就被機車撞死了。

杜太太深深歎了一口氣，又悠悠聯想起她跟「老杜」兩人酷愛的「盲棋」來。他們夫妻也學《浮生六記》的沈三白與芸娘，培養了一種高尚的閨房樂趣，便是在家裡閒來無事或旅途上為了排遣時間，他們就把隨伴在身的紙印棋盤攤平，將眾棋棋子反面排滿盤上的空格，輪流翻開，津津有味地下起「盲棋」來。「老杜」總是愛紅子，杜太太只有選藍子，兩人棋力相當，各有勝負。有好幾回，「老杜」翻開了他的大「帥」，杜太太就在周邊翻到她的小「卒」，一將就把「老杜」將死了。當時只覺得痛快，卻不知其中道理，現在才明白——原來這就是人的命運，高不可攀，深不可測，今天還健在，明天就死了。

那雜誌攤設在市場中心人來人往交通頻繁的地方，從前杜太太去買菜的時候，「老杜」大都立在這裡翻書，等她買完菜才來這裡找他的。杜太太不知不覺在攤前把腳步減緩下來，一欄一欄瀏覽過去，那欄上有小說、辭典、畫刊、雜誌，更有各種各類的新聞與報紙——其中包括聳人聽聞畫面驚艷的「八卦快訊」，每次會了面，「老杜」都會立刻向她報告讀書心得，對她敘說雜誌上有趣的故事，他對所有書刊都普遍喜歡，唯對「八卦快訊」獨具反感，有一回實在忍無可忍，才感慨萬千地對她說：「這種小報啊，專登『名』人的『醜』事！『名』人的『美』事不登！『凡』人的『醜』事沒興趣！『凡』人的『美』事更不用提了！有什麼讀者才有什麼報紙，唉——」

「對不起，借過。」

一位少婦自杜太太的背後禮貌地對她說，她倏地轉過身來，發現那少婦一頭烏亮水滑的披肩秀髮，一身乳白流線的及地長袍，兩凹淺淺的酒窩，盈盈地對她微笑……

「啊，失禮！失禮！擋了妳的路。」杜太太歉意地說，連忙把車推向一旁，讓出一條路。

「沒關係。」那少婦寬厚地回答，輕輕推車，徐徐跟杜太太擦身而過。

菜攤的前頭是一排開口的冰櫃，擺的是切好成塊的鮮魚與鮮肉，都用透明的塑膠紙包紮，標了重量與價錢，不時都以櫃底吹上來的冷氣保持不腐的低溫。有一只冰櫃驀然吸引了杜太太的注意，因為那櫃角堆了一疊烏魚子，就烏魚子的上面有人臨時貼了一張廣告紙，寫著「新貨上市，欲購從速」幾個字……這一幕立刻令她陷入深沉的回憶，原來烏魚子是「老杜」諸多食物中的最愛，因為它是有季節性的，每年春天才上市，一旦擺上冰櫃，沒幾日就賣光，因此每年見到了，他就央求杜太太買，她開始都堅持不買，因為那價錢總是天文數字的高，即使小小一塊也都成千上百的，那時又剛買公寓，錢根很緊，銀行貸款還都還不清，哪來餘錢買這昂貴的山珍海味？可是經不起「老杜」的苦苦糾纏，最後還是忍痛為他買了。買完之後，「老杜」總是感恩載道，千謝萬謝的，像小孩子一般，繞著她雀躍，不時從車裡把烏魚子捧到鼻子來聞了又聞。有一年，碰巧遇到情人節，當她在收錢櫃台付烏魚子的錢時，「老杜」悄悄溜到門口去，等她走出櫃台，他迎面送給她一朵黃玫瑰。因為是生平第一次，她不免驚訝萬分，問「老杜」說：

「為什麼？」

「為了感謝妳省吃節用，每年為我買烏魚子。」

「又為什麼要選黃玫瑰？」

「因為黃色象徵『高貴』與『純潔』，我知道這種顏色妳最愛。」

「老杜」貼心笑道，讓她感動到了極點，這是她與「老杜」二十年婚姻最溫馨最甜美的一日！

杜太太終於來到市場另一端的菜攤，那菜攤最右邊的角落便是往時「老杜」最喜歡消磨躑躅的「水族館」，那館裡經常有不同的海鮮與活魚在「展覽」，這天杜太太便在那低層的水池看到安靜的海螺、九孔、牡蠣、象拔蚌……而那高層的玻璃水箱裡則有活動的鯉魚、石斑、龍蝦、螃蟹……所有魚類都如皇帝出巡，和平共處；所有甲類則像枕戈待旦，準備出擊。好在管理員用橡皮筋套住龍蝦關刀似的巨螯，完全解除了牠們的武裝；卻任螃蟹揮舞如鉗的堅螯，不時短兵相接，交互械鬥。記得從前「老杜」看了，總是搖頭歎息，有一回忍不住對杜太太說：「這些螃蟹實在有夠可憐，無視鴻圖，囿於私鬥，惶惶恓恓，不知死之將至，唉——」

「對不起，借過。」

杜太太幽幽聽到十分耳熟的聲音，猛然抬頭，她看見早先在雜誌攤邂逅的少婦，立在面前，正好與她車車相抵，她發現那少婦的酒窩更深，笑容更美了……

「啊，失禮！失禮！又擋了妳的路。」杜太太滿臉飛紅，趕緊把車推向水池，讓出一條路。

「沒關係。」那少婦溫文地回答，婀娜推車，低頭從杜太太身邊走過去。

杜太太終於來到市場最盡端的菜攤，這菜攤面積極大，約占市場的四分之一，其中擺了千色百樣的蔬菜、水果、鮮菇、飲料……她感覺現在買菜比「老杜」在時倍花時間、更費周章，原來每週消耗的菜量突然減成一半，甚至只剩三分之一，選擇的菜樣自然就大大減少了——像菠菜與芹菜買不得，因為都成包，沒吃完已腐爛，像西瓜與香蕉買不到，因為都全粒成批，沒有半粒算枚的；而洋菇與牛奶，因為都整盒與整瓶，用不到一半就發黑變酸了——因此，她只能買稱斤計兩的菜料，由於量少，便常常遭到新來出納小姐的白眼，皺眉問道：「怎麼樣樣都買這麼一點點？連塑膠袋都塞不滿一角！」起先她還仔細向小姐解釋，以後次數多了，也就懶得再說，乾脆裝聾作啞，顧左右而望他……

在菜攤轉了幾圈，才買到數樣小菜，一看腕錶，拿藥的時間到了，於是杜太太便推車轉頭，對著另一端藥房的方向走回去。經過那一排鮮魚鮮肉的冰櫃時，杜太太不期然望見今天相遇兩次的少婦，立於「新貨上市，欲購從速」的廣告紙前，聚精會神在選購烏魚子。她悄悄把車推近那少婦的身旁，才發現那少婦一會兒從冰櫃捧起烏魚子，放到車子裡；一會兒又從車子拿起烏魚子，放回冰櫃裡，如此往回幾次，始終猶豫不決……杜太太會心微笑起來。眼看那少婦最後推著空車就要走了，她才搶前一步，客氣地說道：

「請問您這位太太……那烏魚子又嫩又香，為什麼不買呢？」

「哦！原來是妳，歐巴桑。」那少婦回頭，先是愕然一笑，接著皺起眉頭：「想是很想買，只是太貴了。」

「我猜……是妳先生愛吃；而不是你自己愛吃的吧？」

「奇怪！妳怎麼知道？」

杜太太沒有回答，只是繼續掩嘴偷笑了好一陣子，才意味深長地說了下去：

「請聽我勸妳一句，太太……先生在時，不必太苛薄自己。反正每年才這麼一次，只要他喜歡，東節西省，一年下來總湊得出幾個錢買一塊烏魚子吧？……」然後她深深歎了一口氣，總結地說：「千萬別像我現在，即使想買也來不及了。」

杜太太來到藥房，那櫃台前還坐著幾個領藥的人，她只好找了一張空椅，也隨別人等候起來，等藥劑師叫她的名字，已經是半個鐘頭以後的事了。她推車走向大門，在門前的出納櫃台排隊付賬。當她跟人魚貫步出櫃台，早先在門口兜售玫瑰的女學生已經不見了，正想跨出大門，卻聽到背後一位男人的輕叫聲：

「請等一下！歐巴桑……」

杜太太連忙轉過身來，在她面前立著一位標緻的青年，穿一件寬鬆的藍色毛衣，將頭髮從頭心梳向兩邊，宛然「老杜」再世，一時把她驚得目瞪口呆，不能言語……可是更令她感到訝異的卻是——他手捧著一朵黃玫瑰，十足像一位紳士微微欠身，彬彬有禮地對她說：

「我買了兩朵玫瑰要送我太太，她說她一朵就夠了，叫我把這一朵送給您。」

「為什麼？」

「為了感謝您……」

「感謝我什麼？」

「假如不是因為您，她今天就不會為我買烏魚子了。」

杜太太的心頭一時感到無限的暢快，將十年來的愁緒全部拋向九霄雲外，她突然心血來潮，問那青年道：

「您太太呢？」

「在那裡……」

杜太太順著青年指尖的方向望去，在那出納櫃台後的長龍之中，看見一位少婦，和顏悅色，笑對自己揮手，她長髮披肩，白袍及地，胸前一朵黃玫瑰，高貴而純潔，彷彿是西洋宗教畫中隨侍在聖母身旁的天使……

〈黃玫瑰〉導讀

◎歐宗智

在文學表達技巧方面，東方白是自覺的，他認為，能夠真正「感動」作者與讀者的才算是好作品，而且，「在感動自己與感動別人之間，有一條溝通的橋，那就是技巧。」可見東方白是努力著把感動自己的東西，寫得也能讓別人有相同的感動。當然，如何搭好作者與讀者之間那一條「溝通的橋」，是十分重要的。一般而言，東方白重視作品內容，其所選擇的藝術表現形式則是古典的、寫實主義的，〈黃玫瑰〉正是一篇情節感人的小說，也是東方白藝術表現特色的體現。

〈黃玫瑰〉寫的是寡婦思念亡夫的故事，作者將場景集中於超級市場之內，小說外部時間限制在寡婦拿藥買菜的短短一、二小時。透過拿藥、買菜的過程，插敘亡夫十年前之車禍意外慘死、夫妻下盲棋、結婚二十週年、欣賞海鮮與活魚、買烏魚子、送花……等情節，回憶夫妻之情，倍感溫馨。

特別是作者於小說結構的安排，故事開始之前，引用七絕〈金縷衣〉：「勸君莫惜金縷衣，勸君惜取少年時。花開堪折直須折，莫待無花空折枝。」再於中段以妻子破例購買價昂而丈夫老杜愛吃的烏魚子，老杜乃生平第一次送黃玫瑰給她，令她又驚又喜，點出主題。最後在看到年輕的太太站在烏魚子前猶豫不決，捨不得購買，幾番拿起又放下，杜妻想起從前的自己，於是勸年輕的太太買下烏魚子，說：「千萬別像我現在，即使想買也來不及了。」呼應了篇首的〈金縷衣〉。

接著，年輕太太的丈夫買了兩朵黃玫瑰，太太說她一朵就夠了，叫先生分送一朵給杜妻，讓她心頭暢快，將愁緒全部拋向九霄雲外。她看見一位少婦笑著揮手，胸前一朵黃玫瑰，高貴而純潔，彷彿是西洋宗教畫中隨侍在聖母身旁的天使，此又與主題前後呼應，合為一氣，不但情摯動人，也形成了完美的敘事結構，誠為難得一見的小說精品。

〈頭〉

前言

台北士林區內的「芝山巖」是台灣首府最奇異的自然景觀，這座面積不到四分之一平方公里的砂岩小山，突兀屹立在平坦的「台北盆地」邊緣，山上樹木繁茂，常青翠綠，看去就像巡遊海岸浮出海面的巨鯨項背。其實，台北盆地自上古以來便是與海連通的鹹水湖，從那時起，這巨鯨就已存在；以後地層上升，這鹹水湖轉成淡水湖，再變為陸地，這巨鯨依然存在；而後台灣先民來此開墾，將陸地闢成水田，這巨鯨仍舊存在；一直到今天，當大片的水田都蓋成櫛比的大廈，這巨鯨還生龍活虎地繼續存在……

士林地區最先來開墾的大部分是漳州移民，他們早於一七五二年便在「芝山巖」興建「惠濟宮」祀奉「開漳聖王」，以後地方人士陸續集資翻修廟殿，並在殿內設立義塾，教授四書五經，傳習四維八德，發揚漢人文化，作育地方子弟。一八九五年，甲午戰爭，清國潰敗，台灣割日，社會丕變，而首當其衝的莫若「教育」——同年六月十七日，「台灣總督府」才以前清「巡撫衙門」，充做臨時辦公廳，宣佈「始政」；七月十六日，便命伊澤修二負責全島學務，自日本帶領「六氏先生」來「芝山巖」，將現成義塾改成臨時學堂，推行「國語政策」，傳授「大和文化」。

翌年元旦，在台北的「總督府」舉行「新年團拜」，「芝山巖」的日本學員事前奉命全體前往參加。這一天，伊澤修二因妻病危，早於月前返日探視，學堂剩下的「六氏先生」，便於早晨自「芝山巖」下山，取道士林舊街，擬赴台北賀年，沒料來到「圓山」的渡船頭，發現「基隆河」上渺無船影，且遙聞對岸吶喊與砲火之聲此起彼落，始知大事不妙。原來北部各地的「土匪」，於此日聯合策反，襲擊台北城，令全島陷入日據以來的大混亂。因此，「六氏先生」只得轉身折返「芝山巖」，卻於士林舊街遇到附近眾多的「土匪」，遭到後者的追擊，最後四氏慘死在「芝山巖」山下，二氏倒斃於水田溝中，六個人都被斬首，只剩屍身，卻不見頭，事後雖經日本憲警努力搜索，仍然遍尋不著，不知去向。

士林望族沈氏，於日本據台之後，當士林街「保良局」主事，緣由台北事變前夜除夕之「忘年會」，設筵款待「六氏先生」，宴中並未向其透露任何警訊；而後更有街民謠傳事前沈氏資助「土匪」，每人十文錢，據此日本憲警遂將沈氏逮捕下牢，兩個月後，以「知匪不報」與「資匪叛亂」之雙重罪名，判處死刑，斬首「芝山巖」山下，殺雞儆猴，以洩「六氏先生」被戮之恨。

這是三月初的一個凄冷的薄暮，沈府巨宅前那兩根為表揚族人中舉的御賜石筆旗杆，高擎著無雲的蒼穹，旗杆的下半截已經開始變黑，可是上半截仍浴在落日餘暉中，像鮮血一般紅……

陣陣寒風自北方吹進沈家後院石砌磚疊的「半樓」圓窗，那是早年漳泉械鬥時期瞭望對方來襲用的，從這窗口可以遙望西面的「基隆河」與東邊的「芝山巖」。這時，那河面正反射著粼粼的夕照，而那山頂則低旋著幾隻墨濺的鷂鷹，在北風靜止的瞬間，還可以聽到自那山腳縹緲傳來的烏鴉聒噪……

這「半樓」當初既然只為了瞭望而建，自然不必十分寬暢，僅僅方丈的空地上，用八塊紅磚做床腳，鋪成一張臨時的木板床，床邊放一只小几，几上置煙槍與油燈之類的鴉片用具。此刻，那床上斜歪著一個婦人，她年約三十，儘管披頭散髮，曠不梳洗，由於腕上的一對玉鐲與腿下的一雙金蓮，顯示是貴婦之流，她正以絲巾掩面，幽幽啜泣……

驀然，那斷續的啜泣轉成咻咻的喘息，這喘息愈來愈急，越急越短，幾乎到達窒息的地步了，這時那貴婦才使盡全力量，深吸一口氣，長嘶一聲：

「微妹——！」

立刻便聽見有人自廚房跑到「半樓」下的腳步聲，然後是窸窣的爬梯聲，末了，一個少婦在「半樓」上的梯口出現，她二十出頭，梳了兩條長辮，短襖寬褲，大足包鞋，一見那貴婦痛苦形狀，便蹙額皺眉，輕叫起來：

「嗳唷，姑娘……早就叫妳不通復嚎，妳若一下嚎，嗄龜就復舉起來……偏偏仔不聽人的話，家己才來列犯罪受苦。」

說罷，少婦便擦了火柴，點起几上的油燈，自煙罐舀了一匙鴉片，裝進煙槍一端的煙斗，拿銀針在鴉片中心撚了一個煙洞，才將煙槍遞給貴婦。後者先將煙嘴咬在口裡，挪一挪身，把煙斗伸到燈焰之中，咕咕猛抽起來，才抽了幾口，氣喘便驟然被壓住，隨著，呼吸開始通暢，人也安靜下來。

這稱「姑娘」的貴婦便是巨宅之主沈氏正配的「沈夫人」；而那叫「微妹」的少婦則是隨她的花轎跨進沈家大門的「隨嫁嫺」……

原來沈夫人是新竹望族，她的娘家與夫家門當戶對，儘管沒有沈宅門前的石筆旗杆，可是自家墓園卻有御賜的石牌孝子坊，用以表揚先祖的孝績。沈夫人自小身體瘦弱，年紀輕輕就患了哮喘病，每次發作，便與鬼魔拉扯，四處求醫，都無效果，後經方士指點，說鴉片對哮喘有急救之效，有回嚐試，果見奇效，從此沈夫人才養成抽吸鴉片的習慣。至於微妹，她是新竹城外「十八尖山」頂的客家人，她進沈夫人家時才五歲，那時沈夫人也不過十五歲。微妹娘家十分貧窮，三餐僅靠自種的番薯過日，即使如此，父母還是不能讓全家果腹，只好把女兒一個一個賣給平地人。微妹以上有三個姐姐，都不幸賣給人家養大當妓女，只有她最幸運，以三百斤稻穀的代價賣給沈夫人娘家，當她的貼身幼嫺，聽她使喚，特別當她哮喘病發的時候替她裝鴉片，兩人就像姐妹似地在新竹一起長大，然後等沈夫人嫁到士林的沈府，微妹也隨她步入府宅的戶限……

微妹徐徐在床沿坐下，靜觀沈夫人向空中吐了一口鴉片，等那鴉片的煙霧逐漸消散，才輪沈夫人來凝視微妹，後者有一對水銀滾動的眼珠、刀般筆直的鼻樑、彎弓堅定的嘴唇……凝視了好一會，沈夫人兀自長歎一口氣，連搖三下頭，輕輕說了起來：

「微妹……我過去實在沒應該虐待妳……」

「哪有？」微妹不等沈夫人說完，半途打岔道：「姑娘自細漢攏足痛我啊。」

「哪會無？妳遂繪記得？……彼回妳差一點仔就去跳『基隆河』……」

「唉……彼漫復提起ㄚ啦。講起來彼回實在是我不著，不是姑娘不著，莫怪姑娘會遐倪（hia-ni，那麼）受氣，但並沒虐待我啊。」

這事發生在兩年前，那時微妹芳年十八，亭亭玉立，像一朵盛開的蘭花……

當初微妹隨沈夫人嫁進沈家時才十二歲，黃毛丫頭，瘦骨嶙峋，沈氏根本沒看上眼。幾年後，見微妹胸部隆起，手臂渾圓，沈氏才時時投以驚羡一瞥，開始在她替沈夫人裝鴉片之餘，即興命她來身邊服侍，其中最頻繁的當數沈氏午後於書房炕床——假寐之時任她搖扇；休憩之際由她捶背。這年夏天一個炎熱的下午，沈夫人臨時有急，屢喚微妹不應，猜測微妹必在沈氏身邊服侍，便挪出繡房，逕經大廳，蹭入書房，赫然發現沈氏於炕床，壓住微妹，做鴛鴦之戲……當下，沈夫人撕心裂肺，大叫一聲。沈氏聞聲，跳下炕床，匆匆由月門脫走，留下微妹，掩胸整衫，翻身跪在地上，任沈夫人恣意摑腮扯髮，涕淚滂沱，叩頭求饒道：「姑娘啊，不敢啦……攏是姑爺，不敢啦……」沈夫人卻不理會，只歇斯底里詈罵道：「也不是死人！也不是無人！哪不叫一聲？哪不叫一聲？……」把微妹毒打一頓之後，仍然難消一肚火氣，最後沈夫人乃當眾發達命令：「妳包袱仔款款咧！加我轉去您『十八尖山』！我沒缺欠妳即偌查某嫺來服侍我……」微妹聽後不但不走，還爬過來，抱住沈夫人的雙腿，苦苦哀求道：「姑娘啊，請妳不通加我趕轉去阮山頂，我生是妳的嫺，死是妳的鬼，妳若絕對欲加我趕轉去，我甘願跳『基隆河』自盡……」為了不沾「逼死奴婢」的污名，沈夫人乃將微妹由「幼嫺」貶為「粗嫺」，從此遣她到廚房去跟伙夫做活，不得親近「姑娘」

或「姑爺」一步。萬料不到「六氏先生」一旦事發，沈氏被日警逮捕下獄，沈府大小逃奔一空，連宅內婢傭也所剩無幾，為此自閉於「半樓」的沈夫人，也只得任微妹回來服侍，不但三餐端飯上樓來給沈夫人吃，而且隨時聽她呼喚來替她裝鴉片……

沈夫人的鴉片煙管被煙灰堵住了，屢次抽不出煙，微妹見了，自動將煙管自沈夫人手中接來，拿銀針清清煙斗的煙灰，然後遞回給沈夫人，沈夫人抽了一口煙，才徐徐又說了起來：

「微妹……足感謝妳，若不是妳謹慎，恐驚倆沈家規間厝早就給俍日本憲兵燒燒去丫……」

「彼哪有啥？這本來就是阮的本分啊，姑娘一時想膾到，阮做查某嫺的總是著愛替姑娘想啊。」

這事發生在一個月前，那時沈氏剛剛被日本警察抓去警察局拘留，整座巨宅只剩——沈夫人、微妹、「呆三」與「萬壽」四人……

呆三出生在大龍峒一家香燭店，排行老三，因為自小口吃，長相又有點呆頭呆腦，所以老挨父親的竹棍，更常被老大與老二欺負，母親看不過去，等不及他長大，就輾轉託人，把他送進沈府，給他們長期僱用，混一碗飯吃。他主要的工作是在府裡替人打雜，閒下來才到田裡幫傭。萬壽是沈府的佃農，他長年在宅後的那一大片田地耕種。儘管三不五時有呆三幫忙，但他老嫌呆三笨手笨腳，幫不了大忙，所以總期待自己有錢，可以買一頭牛，自犁自耕，收穫更多。呆三與萬壽兩人都在宅後的那棟土礱間下榻，兩人同吃同睡，形如手足……

自從沈氏被警察抓走，每天早晨到土礱間喚醒呆三起來做工的當兒，望見土礱間角落那一堆往時漳泉械鬥遺留下來的火繩槍，微妹全身便打起寒顫，眼前浮起不祥之兆。所以有一天，她爬上「半樓」的時候，便對沈夫人說：「姑娘，我看倆土礱間彼割古早槍著搬來去厝外埋較妥當哦。」沈夫人不解地回問她為什麼？微妹解釋道：「因為即回姑爺給偲掠去，其中的一個罪名敢不是『資匪叛亂』？萬一偲若復派人來抄厝，在土礱間去給偲抄著彼割古早槍，不就牴好給偲誣賴，提去做姑爺犯罪的證據？」於是沈夫人問微妹怎麼辦？「這姑娘妳放心，給阮做查某嫺的去辦就好。」說罷下得樓來，微妹便率領呆三與萬壽合力將土礱間的火繩槍，一支一支搬到宅後田地盡端的竹林，挖了一個地窟，把全部槍都埋到地底下。過沒幾天，台北果然派來了一大隊憲兵，到士林的所有大宅搜查，搜到槍的幾家都被放火燒了，唯獨沈家因為搜不到槍而倖免祝融之災……

沈夫人抽完了最後一口鴉片，微妹又自動過來將煙管接去，拿根針將煙灰清除乾淨，輕輕置回小几，便見沈夫人又紅起眼眶，抽抽噎噎地說了起來：

「本來想講會跟您姑爺鬥陣吃到老枯枯，安怎都想膾到伊會安倪，迦倪（chia-ni，這麼）早就做伊去，害我守寡一世人……」

說罷，又慟哭失聲，教微妹不得不偎身過來撫她的背，安慰她說：

「不通復嚎丫啦，姑娘……看嘎龜若復舉起來欲安怎？……關於姑爺，妳做妳免煩惱，我會永遠守在妳身軀邊，服侍妳一世人。」

從沈氏被關進警察局的監牢起，因為沈夫人纏腳行走不便，府裡親族又逃逸一空，微妹便自告奮勇擔起探監的任務。每天早上，微妹竹籃一拎，攜著沈氏愛吃的菜湯與洗過淨潔的衣衫，一逕來士林街尾局裡的監牢，立視沈氏吃畢菜湯換過衣衫，才又拎了竹籃，攜回空碗與穢衣。微妹眼看沈氏被日警酷刑逼供，形容枯槁，儘管柔腸萬斷，卻是無法可施。幾次受沈氏之託，冒險偷攜家書回來給沈夫人，起先書中儘是「囹圄思家，盼早出獄」之辭，到最後預知劫數難逃，乃出現「個人擔當不輕露口風，自我犧牲不連累鄉人」之句……

沈氏以「土匪」之名被斬首是這天早晨發生的事，前一天下午，本區的「保正」已經陪一位日本警察挨家通令，每戶必須派出一人於次日黎明到「芝山巖」觀斬，以收「殺一儆百」之效，違者依法嚴辦。沈夫人自不必提，微妹只好就「觀斬」之事拿去跟呆三與萬壽商量，結果府裡僅餘的這兩個「壯男」都以「驚見死人」之由嚴加拒絕，微妹無可推託，決定

「弱女」前往……

這日，天色還朦朧未明，「保正」便挨家來敲門，集合足夠人數，領隊躪向「芝山巖」去。到達「芝山巖」的山腳，微妹發現通往「惠濟宮」的石階前早已圍了一堵人牆，有幾隻野狗在眾腿之間亂闖，半圈草繩將人牆與空地隔開，空地中心跪著沈氏，聽說是夜半用牛車自警察局載來的，他雙手雙腳都被麻繩捆綁，垂頭彎腰，寂若木雕。不久，便見兩個侍衛跟隨一位日本校官自石階急步下來，那校官白帽白褲，黑衫黑靴，雙手白色手套，胸前勳章金穗，威風凜凜氣勢萬丈。他們在階前停步，那校官將白帽脫下遞給其中的一個侍衛，後者順便將手中的一條白巾交由前者結在頭上；那校官再將白手套褪下遞給其中的另一個侍衛，後者順便將去鞘的一柄武士刀交由前者提到沈氏身側，只見那校官雙手將刀高高舉起，一聲長嘯，觀眾都停止了呼吸，不自覺把脖子伸得長長的，倏地刀光一閃，沈氏人頭落地，滾到一丈之遠，那校官才從容步回階前，把血刀遞回一個侍衛，戴上白手套；再把汗巾遞回另一個侍衛，戴上白帽，援階快步爬上「惠濟宮」……

一股冷氣幽然襲進圓窗，微妹起身去關窗，才發覺那宅前的石筆已經整支變黑，「基隆河」面的夕照也已消光匿跡，而「芝山巖」山頂的鷂鷹則更低，山腳的烏鴉也更靜了……

「唉，姑爺應暗（ing-am，今晚）在外口不知欲安怎過暝（ke-mi，過夜）？……」微妹對著窗外兀自嘆息起來，驀地轉身面對沈夫人，側頭輕輕問道：「姑娘……妳想倆敢不是著愛加姑爺扛轉來？否彼山腳野狗遐倪多，倆哪會安心？」

「倆欲安怎加伊扛轉來咧？」沈夫人坐直起來，愁容滿面地回問。

「叫呆三及萬壽啊，用扁擔及布袋，我遨路（chhoa-lo，帶路）。」

「偲敢欲？」沈夫人猶豫地說。

「給偲會講『不』的？就是『不』，也欲加偲講到『欲』……姑娘做妳放心，即條代誌算代我。」

說完這些，微妹走下樓來，四處尋找呆三與萬壽，終於在屋後的土礱間找到他們，呆三正在幫萬壽用麻繩修綁畚箕……微妹迎上前去，兩人都驚異地抬起頭來，聆聽微妹將不久前對沈夫人說的話向他們重述一遍，兩人聽罷都皺起眉頭，呆三禁不住，首先戰慄地回答：

「看、看、看死人都列扯；扛、扛、扛死人猶較驚……所、所、所以阮不敢……妳、妳、妳寧可去叫別人……」

「欲去叫什麼人？規間厝的人攏走了了丫，孤春您兩個查甫人，無采您復迴倪粗勇，猶列講『不敢』，否您是不是欲叫我及姑娘阮兩個查某人去？」微妹反問。

眼看呆三說不出話來，萬壽只好接下去說：

「講實在啦，我是沒呆三遐（hia，那麼）驚，但是聽人講扛死人會切歲壽，所以，才𡢃……若無人也𣍐曉去叫『番仔』（職業抬棺者）？」

「迦（chia，這麼）暗ㄚ，欲去嘟叫？」微妹再問。

這下連萬壽也不知如何回答了，他與呆三兩人只將頭低垂，避開微妹的視線。微妹無法可施，沉吟良久，突然靈犀一通，遂把呆三單獨招到廚房，私下對他說：

「呆三，我問你，你在大龍峒厝的時陣，您阿爸敢會加你打？」

「才、才、才打而而？伊、伊、伊也定定用扁、扁、扁擔加我㧣（but，斜劈）……」

「阿您兩個大兄咧？」

「偲、偲、偲也定定加我鼠治（chhu-tī，凌辱）……」

「你敢有愛欲轉去您大龍峒厝？」

「我、我、我才𡢃……」呆三氣急敗壞地說。

「但是姑娘講你沒轉去𣍐使！」微妹威脅地道。

「拜、拜、拜託妳去加姑、姑、姑娘求，求伊漫、漫、漫叫我轉去……」呆三幾乎要跪下來，拉著微妹，苦苦哀求。

「會使啊，但是有一個條件，你著愛跟萬壽鬥陣來去扛姑爺！」

呆三躊躇再三，終於點頭答應了。

於是微妹又回到土礱間，將萬壽領到田邊，委婉對他說：

「萬壽，你做田敢有愛呆三幫忙？」

「彼是姑不終，上好是漫，笨腳笨手，較輸一隻驢仔。」

「阿你敢沒想欲買一隻牛來跟你鬥做？」

「才想？已經想半世人丫，沒錢而而。」

「你敢有想欲加人借錢買牛？我會使替你去跟姑娘參商。」微妹利誘道。

「拜託，拜託，若借有錢通買牛，我會感謝妳一世人。」

「免感謝我，只有一個條件，你著愛跟呆三鬥陣來去扛姑爺。」

萬壽不加思索，立刻一口答應下來。

於是三人都回到土礱間，微妹命呆三與萬壽在間裡尋得扁擔與麻袋，自己再去找到粗細的兩捆麻繩，便領他們兩人步出巨宅，對著「芝山巖」的方向踽踽行去……

走出士林街道，大地已重重被黑幕覆蓋了，迷濛的夜空只稀疏點綴幾顆暗星，昏黃的殘月剛自東方的地面升起，描出「芝山巖」的輪廓，影影幢幢，恍如一堆墳。風止了，樹也靜了，開始聽到田雞的爭鳴與蟋蟀的輪唱，三個人沿著田邊的水溝，微妹在先，萬壽其次，呆三殿後，默默前進，涓涓的流水伴隨踵踵的腳步，交互低語……

「萬、萬、萬、萬壽……我、我、我誠驚呢……」呆三猝然快步追上萬壽，戰戰地說。

「驚啥？驚去給鬼仔掠去是否？若安倪我跟你換位，你來頭前，我踮你後面。」

萬壽說罷，停下腳步，讓呆三走前，自己跟在他背面，繼續前進……

水溝底遽然「咨」地一聲，冒出連珠的水泡，令呆三嚇了一跳驚叫道：「彼、彼、彼是啥？……」

「街倪松！這也不知？彼土虱（tho-sat，鯰魚）列箭水啦！」萬壽笑說。

遠遠自水溝向田邊斜架著一副龐然怪物，櫛比嶙峋，如一堆骷髏，讓呆三卻步，不敢前進，回頭問萬壽道：

「阿前仔彼、彼、彼是啥？……」

「你目睭裏蝲仔肉？這也看無？彼拾水的水龍車啦！」萬壽說著，把呆三推向前進。

乍然，呆三踢到一塊破瓦片，「殺」地一聲，斜刺切入路旁的一塘池水，水底的殘月便千撕萬斷碎裂了，這時有一隻潔然白物，悠然自這岸騰空而起，飛到對岸的黑叢去了……

「萬、萬、萬、萬壽……這、這、這是啥？……」呆三又問道。

「這白鴒鷥啦！連這也不知？」萬壽搖頭回答。

前頭有一株參天的枯樹，光禿的樹枝，掛了幾顆懸膽黑物，滿天是密密麻麻的鳴禽，將殘月團團遮沒了，有一隻迎面飛來，幾乎直撞呆三，卻突然敏捷急轉，斜飛而過，使呆三不得不收住腳步，咕噥起來：

「這、這、這是什麼鳥？……哪、哪、哪會迦討厭！……」

「這密婆（bit-po，蝙蝠）啦！日時睏，暗時才出來討食。」萬壽點頭回答。

離開了枯樹，四周才又慢慢安靜下來，而且愈來愈靜，最後到達令人戰慄的死寂。驀然，自一燈火的農家傳來幾聲熱鬧的狗吠，隨著，一顆流星劃過天邊，照明了如畫的「芝山巖」……

「雙溪」蜿蜒環繞「芝山巖」而過，溪上跨著一座木橋，溪水在橋下湍湍而流。三人在橋上停步，稍做休息，瞿然驚視一條鯉魚，跳出水面，倒翻白肚，「痛」地一聲，又掉進急流中……

過了木橋，便在前面一箭之地的山腳下，隱約望見圍繞刑場的那半圈草繩，來到繩前，才清楚發現一隻黑白相間的野狗，在啃咬那屍身丈外的斷頭。微妹竭盡平生之力大吼一聲，搶了背後呆三手中的扁擔，衝斷草繩，直對那野狗飛馳而去。那狗一時不知所措，在原地呆立了一會，等微妹接近，才拔腿向另一個方向狂奔而逃。微妹卻不放鬆，緊緊尾隨急追，看那狗快要跑出另一頭的繩圈了，她才將扁擔對住那狗奮力一摔，不偏不倚劈中那狗的一條大腿，頓時聽到哀聲震天，眼見那狗垂頭夾尾，一拐一拐消失在黑暗之中……

回過頭來，望見呆三與萬壽還立在草繩圈外不動，微妹便對他們大喊一聲：

「也不緊入來！企列創啥！」

聽了這話，兩人才怯怯走向圈心，同時微妹也蹭了回來……

微妹指揮他們兩人，將那兩捆麻繩自麻袋取出，然後合力把屍身裝進麻袋，而她自己則去拾來斷頭，親自把它擠入麻袋。完了，輪萬壽命呆三幫他用粗麻繩打結，以便挑運滿載的麻袋，才發現扁擔不見了，立令呆三去剛才野狗逃遁的方向尋找。呆三去了半天，等萬壽將結打完，才見他姍姍回遲，卻是雙手空空，不免叫萬壽火爆，厲聲問道：

「阿你的扁擔咧？」

「找、找、找、找無……」

「叫你做代誌攏是安倪！較輸一隻驢仔……你免找丫啦！我家己來去找，你好好仔替我用索仔將這布袋嘴結咧，到時不通復講『結、結、結、結無……』哦。」

說罷，萬壽將那一捆細麻繩扔給呆三，自己尋找扁擔去了。果然沒讓萬壽失望，等他尋得扁擔回來，呆三已將麻袋口紮好。於是將麻袋吊在扁擔中央，兩端由兩個男人合挑，萬壽領頭，呆三隨尾，由微妹殿後，三個人悄悄離開「芝山巖」，踽踽往士林的方向行去……

走在木橋當兒，忽聽「苦」一聲，斷頭自麻袋掉在橋板上，像西瓜般地滾到橋邊，幾乎要墜入溪底去了，才被機敏的微妹飛撲攔住，輕柔自板上抱起，始發覺那頭已耳鼻皆無，面目全非，而且一雙眼睛睜得大大的，反射著月光，炯炯發亮，叫微妹不忍，滴下眼淚……

萬壽與呆三也停下腳步，只聽萬壽又開始對呆三詛咒起來：

「你看！叫你去找扁擔，『找、找、找、找、找無……』；叫你來結布袋，『結、結、結、結、結無……』嗄——！呆三，呆三……你天下找攏無!!」

萬壽與呆三又起步往前走，因為麻袋口的細繩已不知掉到哪裡去了，斷頭無法再放進袋裡，只好由微妹雙手小心捧著，跟在兩人後面翼翼走回家……

一路上，那斷頭的眼睛始終是睜開的，不願合閉，只聽微妹頻頻對它耳語：

「姑爺啊……倆欲轉來去厝丫哦……你目睭不著瞌瞌……你會使安心睏丫呢……」

不顧微妹百般溫存，那斷頭硬是不肯把雙眼闔起，一直等他們來到那參天的枯樹，但見滿天蝙影而不見月光，它才幽幽將眼睛閉上，任微妹哄著平靜睡去……

回到沈府，微妹先去廚房燒水來替沈先生洗身與洗頭，同時命萬壽在大廳的一角鋪水床，叫他跟呆三把沈身合抬到床上，自己再把沈頭安置好，然後由呆三自動去燃香點燭，等一切準備就緒，微妹才登「半樓」去請沈夫人下來拜祭，沈夫人撫屍慟哭一陣後，才又回到「半樓」去歇息。

這晚深夜醒來，沈夫人聽到輕微的窸窣自樓下傳到「半樓」，她感到有些詫異，遂扶壁挪到梯口，向下窺探，發現大廳的白壁上有黑影在搖晃游移，她頓時毛骨悚然，驚懼萬狀，為了探個究竟，她還是強做鎮靜，一步一步援梯躡足下來……

一等沈夫人來到樓下，再拐入大廳，她就更加惶恐，不知所措……原來於煢煢孤獨光下，微妹靠往水床之邊，伏在沈氏身上，對他雙手撫頭，卿卿我我，做親暱之狀……沈夫人一時怒不可遏，大喊一聲：

「微妹——……妳列創啥——!!」

微妹轉過頭來，見是沉夫人，便放下了手中之物，在她跟前雙腿一跪，徐徐回答：

「列替姑爺縫頭啦，姑娘。」

「替姑爺縫頭欲創啥？」沉夫人加倍迷惑地問。

「否姑爺無頭，欲去見閻羅王，閻羅王也艭見伊。」

沈夫人暫時不肯相信，於是移目去審視沈氏的頭，看見那身首離異之處，有部分用深綠的絲線縫成一體，線頭的白色銀針還吊在空中搖曳著，這才頻頻點頭，伸手把微妹自地上拉起……

沈夫人反身想上樓去，不意被微妹自背後叫住：

「姑娘稍等……」

「欲創啥？」沈夫人閃過身來問道。

「敢會使拜託妳跟我鬥幫忙？……」

「什麼代誌？」

「幫我加姑爺的頭殼揣（hoa，以手固定）咧，安倪縫的時陣才𣍐裹來裹去。」

沈夫人頷首同意，向水床偎了過去，顫顫伸手，輕輕按住沈氏的頭，把視線移向一旁，面對壁上三團放大的頭影，任微妹單獨去細細密縫，一夜針線到天明……

次日，微妹叫萬壽釘了一副薄棺，把沈氏盛入完殮，再由他與呆三合扛到田端的竹林，在埋槍的地窟之旁，另挖了一個地窟，不立墓碑，把沈氏偷偷埋掉了。自始至終，沈夫人與微妹一直跟著，夫人涕淚縱橫，搖搖欲墜；微妹咬住牙根，緊扶夫人……

沈氏安葬之後，沈夫人便不再上「半樓」，以為從此以後可以安度「寡婦歲月」，沒想「薄命剋夫」之言卻在士林流傳開來，最後到達無法忍受的地步，沈夫人乃向微妹表示離開沈府回歸娘家之意。微妹不表反對，便命萬壽留守空宅，令呆三用板車拖載沈夫人，自己隨車領路，千里迢迢，來到新竹，卻吃了娘家的閉門羹。原來後者早已風聞台北凶耗，因為深恐受「土匪」牽連，乃出此途，還對沈夫人回答說：「查某子嫁出，就像水潑落地，難收回……」

沈夫人萬念俱灰，正不知如何是好，未料微妹卻挺身獻策道：

「姑娘，妳既然無家可歸，不如跟我鬥陣轉來去阮彼『十八尖山』，妳想安怎？」

沈夫人聽了，訝異萬分，張了大口，疑惑問道：

「十八尖山」？妳早前敢不是講甘願跳『基隆河』也不願轉去您山頂？」

「呃，早前是給人趕的；即馬是家己欲的，何況有姑娘鬥陣，彼才大大沒像款哦！免講『十八尖山』，就是『十八地獄』，我也甘願去！」

因此，微妹領頭，叫呆三揹夫人隨後，一路辛苦往「十八尖山」爬上去……

後語

半世紀後，日本戰敗放棄台灣，一夜之間，原來的「暴民土匪」都變成了「民族英雄」，沈氏的後代與有榮焉，乃計議立碑表揚，隆重遷葬。因此，他們便在沈宅田後的竹林挖掘，先挖出埋藏的槍枝，才掘到沈氏的薄棺。那些槍枝早已赭黑鏽爛，可是沈氏的白骨卻還完整無缺，眾人驚見一團螺旋的絲線環繞密接的頸骨，恍如翠玉的項鍊，在炎陽之下閃閃發亮……

至於「六氏先生」無頭的殘骸，日本人早把他們合葬在「芝山巖」的一窟集塚，並在塚上立起「六氏先生之墓」的石碑，離此碑不遠更立有當年日本總理大臣伊藤博文手書的「學務官僚遭難之碑」，這兩個石碑今日依舊屹立山上。只是一百年來，「六氏先生」的遺族，三番五次來台尋找他們先人的頭骨，截至目前，仍然一顆也找不到。

〈頭〉導讀

◎歐宗智

此篇故事背景脫胎於日據初期士林「芝山巖事件」，巧妙地融合史實和想像，取得極高的藝術成就。一八九六年元旦六位日本教師被殺，導致士林街「保良局」主事沈氏以「知匪不報」與「資匪叛亂」之雙重罪名，遭判處死刑而斬首，但東方白寫作重點放在沈府夫人和陪嫁婢女面對此一重大事故的如何因應，以及其中的愛恨糾葛。

東方白透過斬首、找頭、縫頭，一步一步凸顯小說人物「微妹」的個性，使這篇作品充滿生命力，是寫作表現最成功之處。〈頭〉的主人翁沈氏，其面貌扁平模糊，篇中對沈夫人、呆三、萬壽則頗有著墨，如沈氏的高貴病弱、呆三的口吃癡笨，以及萬壽的現實功利等，至於貼身婢女微妹，雖與姑爺有染，險被逐出沈府之門，但她認錯後，告訴沈夫人「生是妳的嫺，死是妳的鬼」，寧死也不要回山上，於是被收留下來。事實上，她忠貞不移，未因沈氏被捕下獄而離開，並且更加細心地照料以淚洗面、亂了方寸的沈夫人，特別是她智勇雙全，令人留下不可磨滅的印象。

微妹的勇敢以及臨危不亂，展現大將之風。沈氏以「土匪」之名被斬，日本警察通令每戶必須派人觀看，以收「殺一儆百」之效，沈夫人體弱無力，呆三和萬壽兩個「壯男」又以

「驚見死人」為由拒絕，於是沈府就由膽大勇敢的微妹代表前往。後來，微妹帶領呆三和萬壽於夜裡前去山腳下收屍，呆三膽小怕事，微妹則主動驅趕野狗，親自撿回斷頭。返家途中，頭不慎自麻袋口掉出來，幸好微妹夠機敏，飛撲攔住，頭才未墜入溪底，接著她雙手小心捧頭，好不容易回到家。微妹的沉著勇敢，也正好凸顯呆三的膽小無用，可謂深具女性意識。

此外，微妹與姑爺偷情，於道德有虧，可是她在姑爺死後，由觀斬、收屍、找頭、捧頭乃至縫頭，這在他人看來，必覺毛骨悚然，此則在在表現她的深情。相較之下，擁有名份的沈夫人，卻不敢看微妹替自己的丈夫細心縫頭，而把視線移向一旁，由此看來，微妹似乎更愛沈氏。五十年後，環繞著沈氏頸骨的那一圈螺旋的絲線，恍如翠玉的項鍊，在炎陽之下閃閃發亮，無疑是微妹之愛偉大永恆的具體象徵。因此，《九十四年小說選》主編蔡素芬特別於書序中稱讚，在寫作者逐漸丟掉小說動人成分，大肆鋪排理念，游於文字技巧之際，〈頭〉還原了動人的人性質素。

最後，沈夫人無處可去，微妹便接情同姐妹的夫人前往自己原本立誓不回的家鄉，高貴的沈夫人則因為低下的婢女微妹而得以生存下來，至此二人「主／僕」的對立關係已經消失，象徵著微妹的獨立自主，可謂饒富意義。

〈命〉

四月末的一個傍晚，「北一女高三愛班」的學生由導師率領做全島畢業旅行，白天參觀「鵝鑾鼻白色燈塔」又遊覽「墾丁森林公園」之後，終於在「南灣」面對「巴士海峽」的一家日式古老旅館下榻，準備次晨坐巴士橫過「中央山脈」到台東去。

夜闌人靜，當旅館的那一列宿舍都熄燈黑暗的時候，卻有一間的窗戶還留著微弱的火光，幢幢的陰影在那毛玻璃上頻頻搖顫……

原來這間宿舍點了一支蠟燭，燭光下的他他米鋪著一張攤開的報紙，紙上放了一只倒置的瓷碟，同舍的八位女生，每人各伸一指，頂住碟邊，任瓷碟在紙上恣意挪移，行行復停停，玩「碟仙」神秘的遊戲，問各自私底的問題……

猝然，那糊紙的障子門撕地推開了，同時舍間的電燈也拍地扭亮了，學生的導師在門口出現！她已接近退休年齡，一頭清湯掛麵的白髮，配著一身素白的衣裙套裝與一雙漆白的平底皮鞋，上下皆白，唯有右手無名指上的「ruby」戒指是紅的，所以顯得特別醒目，像白雪堆上的一滴血。她孑然獨身，從來不曾婚嫁，把全副精神集中在學生，將一生心血奉獻給教育，得過無數獎狀，深獲師生敬仰……

「妳們在玩什麼呢？怎麼這麼晚還不睡？」她驚訝萬狀地問。

八個學生沒有一人敢回答，大家只瞠目結舌，默默地凝望著她……

「蠟燭、報紙、瓷碟……你們在玩『碟仙』是不是？」她過了一會再問。

大家仍然保持沉默，卻是不約而同，都怕被責備地小心點點頭……

「噢，不要玩，不要玩……『碟仙』千萬不要玩！」說完這些，她幽然換成慈祥的口氣，繼續問：「妳們問了『碟仙』什麼問題呢？」

沒有人敢回答……

「有沒有問妳們私人感情的問題？」

大家都搖搖頭……

「有沒有問妳們身體健康的問題？」

大家依然搖搖頭……

「有沒有問妳們投考大學的問題？」

大家還是搖搖頭……

「那麼妳們到底問什麼問題？難道妳們問了『命運』與『壽命』的問題？」

所有人都面呈驚惶之色，悄悄地，連蠟燭火焰的燃燒也聽得到……

「可怕哦，好可怕哦……同學們，『命運』與『壽命』這兩個問題萬萬問不得！」

她對大家側頭搖了一回手，然後低頭俯視右手無名指上的那只紅寶石指環，兀自歎息起來。好久好久，師生都保持絕對的靜默，幾乎到達無可忍受的地步了，才有一位勇敢的學生大膽開口問道：

「老師，為什麼呢？難道妳有親身的經驗嗎？」

導師沒有回答，只意味深長地點了一下頭，於是其餘的學生差不多異口同聲地央求道：

「請老師說給我們聽聽好嗎？」

她並不立刻回答，僅脫卸白鞋，步入宿舍，吹熄燭火，收拾好報紙與瓷碟，才在他他米上跪坐下來，任八個學生把她繞成一圈，聽她絮絮說了下面的故事……

小時候我們住在台北「圓環」附近的巷子裡，小學我念的是「蓬萊國民學校」，每天上下學都要經過「圓環」與「蓬萊」之間的「陳祖厝」，這「陳祖厝」前面從前有一個三角公園，公園出口的一旁經常擺了一張相命桌，桌上放著一本相書、一支放大鏡、一盤八卦、一筒竹籤、一盒籤畫與一只鳥籠，桌前則掛了一塊污穢的白布，布上畫著一張人臉與兩隻手掌，臉上滿佈黑痣，掌上全是掌紋，旁邊寫的都是小學生看不懂的難字……桌旁坐的才是那位留白山羊鬍的相命師，除非替人相命，他平時都在打盹。

各位同學，妳們一定奇怪老師為什麼會說這麼多有關相命的東西，原因是我自小就對命相很感興趣，我喜歡看那相命師用硝酸銀把善男臉上的壞痣一一點掉，我更喜歡聽他邊用放大鏡望信女的掌紋邊對她解說她的命理，然後打開鳥籠叫一隻麻雀出籠啄一張籤畫上來，印證他的話……別看我這小女生，我天生就是一副相命骨，我可以立在那相命桌前一整天看相命師替人相命而不覺一絲兒腳痠。

從小學到初中，我對命相的興趣，不但不逐漸消退，反而與日俱增，一旦進入高中，更變本加厲，達到巔峰。這時，單單看人相命已不能解我的饑渴，為了滿足我的好奇心，我開始到書店去買命相書來看，整整三年我看了不少書，其中最重要的有——《紫微斗數》、《子平命學》、《手相寶典》、《掌紋玄機》……幾本，本本我都仔細研究，而且頗有心得，我得到一個初淺的結論，我們的面相與掌紋隱藏不少生命的秘密，這些秘密，有道行的相命師可以一眼讀出，否則命相為什麼興盛幾千年而不墜？

總之，命相是我少女時代的一種奇特的癖好，我從來不曾對人隱諱，所以親戚朋友大家也都知道，他們一見到我，老喜歡請我替他們看相，但我始終堅持一個原則——我絕不隨便主動替人看相，即使受邀被動替人看相，我也是千請百託，除非對方非常誠懇，而且二人交情十分深入，否則不肯輕易答應。

高中畢業後，我認識了一個男朋友，他已大學畢業，又服完兵役，在台北的一個私立中學當臨時教員，天天都在念英文，準備到美國去留學。我們第一次幽會的地點是在「延平北路」與「民生西路」交會口的那家著名的「波麗路」（Bolero）咖啡廳，裡面設備幽雅，燈光柔和，音樂古典……是相親與談情的最好地方，一旦進去，便會一去再去。

自從我的男朋友知道我的「嗜好」，他就經常拿它來尋我的開心，特別兩人在「波麗路」喝咖啡的時候，他老會心血來潮，突然把一隻手掌伸到我面前，笑對我說：

「來吧，相相我的掌紋，我就想看看妳說的有多準確？」

我聽了，總是搖搖頭，把他的手掌推回去，回答他說：

「我從不替生人看相。」

「你把我當成『生人』？」他歪著頭驚問道。

「至少我們的交情還不夠深入。」我笑答道。

他沒法，只好自嘲說對我的「慇懃」還有待「加強」……

我們的感情隨著時間逐日增加，從他收到美國大學的獎學金通知那日起，更是突飛猛進，一下燃燒到論及婚嫁的地步。我們兩家家長決定在他出國前夕讓我們兩人結婚，婚禮選在台北最豪華的「蓬萊閣」舉行；而我們自己決定在婚禮的前一個禮拜私下訂婚，地點選在我們初次幽會的「波麗路」。

訂婚之夜，我們兩人坐在「波麗路」舒服的高背沙發上，於柔美的幽光與悅耳的琴聲之中，品嚐芳香的咖啡有好一會，他才自胸袋掏出一只白天鵝絨的首飾盒，掀開那裝彈簧的盒蓋，將盒裡一只鑲紅寶石的訂婚戒指戴在我右手的無名指上，然後完全出乎我的意料，倏然把他的左掌伸到我的面前，十分認真地對我說：

「現在我們的交情總算夠深入了吧？所以今晚我特別要請妳替我相相掌紋，無論如何，妳不能再拒絕了。」

這次我無可推託，只好俯頭仔細看起他的掌紋來……

我發現他的「感情線」非常顯明，「智慧線」十分深刻，可是「生命線」卻很短很短，是我見過之中最短的一個！我不免露出驚訝之色，不幸被他看到了，忙問道：

「怎麼？妳看到什麼不吉利的？」

「沒有……沒有……」我連連搖頭回答。

「我不信，妳的表情明明告訴我說『有』。沒關係，告訴我，我們已經訂婚了，而且馬上就要結婚，無論如何，我不會生氣的。」

我原本不願說，可是經不起他再三懇求，我才把實情委婉對他說了，最後還補了一句：

「唉！我心很亂，我實在不該對你說。」

可是他卻不以為忤，還哈哈大笑起來，自我調侃地說：

「妳心亂什麼？大不了我今晚回去，拿刮鬍刀片把它割長一點不就得了嗎？」

聽了他的話，我更加慌恐，幾乎跪下來，央求他千萬不可如此做。只見他拍拍我的肩膀，安慰我說：

「妳放心好了，哄哄妳而已，我才不會傻到真的去做這種蠢事，何況我對命相一向一個字兒也不信！」

他這話稍稍令我安靜下來，可是回到家裡，仍然整夜輾轉，難以成眠。

第二天，在「台北新公園」門口見面的時候，我一眼就看到他的左手的手掌紮了幾圈紗布，掌丘的部位滲著乾黑的血跡，我不禁驚恐大叫起來：

「你的手掌怎麼啦？」

「沒什麼，只不小心割到了。」他若無其事地說。

「怎麼那麼巧？我不相信！」我搖搖頭說，然後俯在他耳朵，輕輕地問：「你是不是拿刮鬍刀片把自己割了？」

這回他不再回答，兀自歎息起來，將視線移向蓮花池，還沒開花的蓮葉上……

「你怎麼傻到這個地步呢？你不是說命相你一個字也不相信嗎？」

「但妳的話我總不能完全不信啊，既然訂婚，我就希望兩人能夠白頭偕老，天長地久。」

我沒有心情跟他議論，我急著把他帶回我家，親自將那血污的紗布解下，用雙氧水洗淨「生命線」一端加長的刀傷，拿雲南白藥撒在傷口四周的掌丘上，然後細心替他包紮乾淨的紗布……連續一個禮拜，我每天都重複這同樣的護士工作，為了結婚之日他的手傷能完全癒合而不必紮紗布，我盡了一個未婚妻能盡的最大責任。

這一禮拜，我每天都戰戰兢兢，就怕會再發生什麼不幸的意外，總算渡過難關，平安無事。

結婚之日，一切按照原來的計劃進行，我穿好新娘的白紗長袍在家裡等待，而他則跟幾個伴郎與長輩親戚分乘數部轎車自他家出發，浩浩蕩蕩開上公路，打算來接我與我父母到「蓬萊閣」去參加婚禮……

我在家裡苦苦等待，一個鐘頭又一個鐘頭過去了，已經超過預定時間好久，仍然不見迎親的車隊到來。我焦急萬分，心亂如麻，難得終於看見一部單獨的轎車停在門口，從中跳出一位伴郎打扮的青年，我顧不得一切，奔上前去，急急問道：

「怎麼這麼遲呢？到底發生了什麼事情？」

「他的那部小車被一輛大砂石車撞了……已經叫救護車載他到『台大醫院』……快去！快去！……」

我脫掉身上的白紗長袍，披了架上的黑綢短褂，擠進那伴郎的轎車，對著「台大醫院」飛馳而去，可是到達醫院，他早已斷氣，被人推進太平間了。

一個禮拜後，他的告別式在「台北殯館」舉行，來參加的幾乎是一個禮拜前的原班人馬，不過「婚禮」改成「葬禮」而已。

我決定不再婚嫁，一生守貞，直到今天。

導師的故事戛然而止，全舍靜得一支針掉下來都聽得見，八個學生畏縮擠成一堆，每隻眼睛都睜得大大的，幾乎要蹦出來一般……好久好久，導師才又開口，補充說：

「各位同學，老師誠誠懇懇忠告妳們，『命』千萬不要去試探，如果預先知道，『好』

的到時反而不覺快樂；『壞』的未到已經開始悲哀……好了，大家趕快睡覺吧，明天一早就要坐巴士到台東去。」

當她穿上白鞋離開學生宿舍的時候，一彎殘月已在東方的天邊顯現，描出「南灣」美麗的海岸，那雪白的細浪輕打徐緩的沙灘，一陣陣湧上又退下，恍如拖著白紗長袍的女郎，投入情人溫柔的懷抱……

她沒直接回她的睡房，步下那陡斜的石階，來到那沙岸的花邊，她手提白鞋，腳踏濕地，聽著喋喋私語，迎著朦朧殘月，漫向東去……

〈命〉導讀

◎歐宗智

東方白重視小說的「故事性」，而令東方白「感動」的故事，不論是自身經歷或者從別處所聽來的，經由東方白的加工、提煉，一一轉化為小說情節，「說」給讀者聽。東方白喜歡運用小說中的人物親自對其他人說故事的手法，猶如《十日談》，通過藝術化的方法來處理，照顧到讀者對小說藝術欣賞的要求。

本篇敘述高三女生畢業旅行，夜宿旅館照例晚睡，甚至於玩樂達旦。夜闌時分，屆臨退休而未婚的女導師查鋪時，發現八位女學生好奇玩「碟仙」，勸阻她們勿問命運與壽夭，然後告訴她們，自己年輕時即因看未婚夫手相得悉其壽命甚短，後來就算戰戰兢兢，到了迎娶當天，未婚夫卻還是車禍身亡，「婚禮」變成「葬禮」。女老師傷心之餘，決定終身不嫁。故事說完，以「『命』千萬不要去試探，如果預先知道，『好』的到時反而不覺快樂；『壞』的未到已經開始悲哀」，忠告學生，點出天命難違的主題，充滿警世意涵。

其中關於「戒指」的象徵，令人印象深刻。女導師出場時，一身皆白，唯有右手無名指上鑲紅寶石的戒指顯得特別醒目，「像白雪堆上的一滴血」，暗示著「不幸」。原來這竟是昔日訂情之物，此又象徵著女導師對於愛情的堅貞，讀之令人喟然。

〈網〉

那蝙蝠洞高懸在光滑的石壁之上，洞口雖然狹窄僅允匍匐爬行，洞裡卻寬敞容人伸臂直立。從這洞口可以俯瞰環繞山巉的沙石公路，有一條村童踹出來的羊腸小道，由那公路蜿蜒伸展到山上，然後再一縱身，即可攀進山洞。就在這洞裡，茶行老闆平水伯已經藏匿三天又三夜了……

自從被市民推做代表，參加了「二二八處理委員會」的會議，平水伯便被「警備司令部」冠上「暴亂匪徒」之名，屢遭「阿山兵」前來茶行搜捕。僥倖前幾次他都因事外出而免就逮，可是最後一次他們於半夜來搜捕，這時他早有戒心，所以一聽前門有異聲，便翻越茶行的厚牆，沿後尾巷的臭水溝，溜之大吉。

從這天開始，平水伯就不敢再回茶行，他聽從妻子的獻議，一直躲在她鄉下的娘家，原以為如此便可以避過風頭，安然無恙，沒想三天前鄉裡載來了幾卡車「阿山兵」，個個槍尖都插了刺刀，封鎖路口，挨家搜索……平水伯的妻舅機警，早一步回家報訊，火速倒了一包米，盛了一壺水，便牽了平水伯的手，穿過家後的那片番麥田，再爬上這山坡的羊腸小道，來到洞前，把平水伯推入洞內，再將那包米與那壺水遞交給他，吩咐他沒聽見親人呼喚千萬別擅自出洞，便下山去了。

那山洞十分黝黑，過了好久平水伯才慢慢習慣下來，這時他才能清楚審視洞裡的一切——這是蝙蝠的棄居，往昔大概蝙蝠群集，現在除了洞壁斑駁的屎跡，連半隻蝙蝠也看不到；倒有一隻巨大的蜘蛛，那可能是洞裡唯一的住戶，當平水伯發現時，牠正在洞頂辛勤織網。平水伯驀然發起狂來，自地上拾起一支枯枝，不但戳破那頭上的蛛網，還連連揮打網上的蜘蛛，嚇得那蜘蛛棄網而逃，平水伯仍緊追不放，繼續拿枯枝敲遍洞壁，直等那蜘蛛逃得無影無蹤，他才不甘心跪在地上喘息……

原來平水伯是極端的恨蛛者，他尤其痛恨蜘蛛網！

因為自小平水伯一見到蜘蛛就全身發癢，就像貓見到老鼠，「必欲置諸死地而後快」，以後當了茶行老闆，這癖性更變本加厲，到達常人無法想像的地步。開始他只是定期率領茶行工人，用綁在竹桿的菅芒掃把，搭梯清除屋頂的蜘蛛與蛛網，可是那些蜘蛛也頗機敏，往往人還沒接近，早已蟲去網空，結果蜘蛛除不盡，隔日網又生。而後為了斬草除根，一勞永逸，平水伯想出了一個特別辦法，改用燃燒的火把，悄悄在鉛垂的下方遠遠對準頂上網心的蜘蛛，猛然一舉而上，便見那蜘蛛立刻捲縮成珠，垂直掉落，連著一根銀絲，懸在半空，任由火焰燒成鮮紅透明的炭球。這除蛛妙法果然奏了奇效，可是儘管行裡的蜘蛛死盡，仍然有行外的蜘蛛進來，因此平水伯不得不繼續定期除蛛，只是頻率大為降低，先前每週一次，後來改為每月一次。因為怕工人不慎引火燒房，而後平水伯不再勞師動眾，除蛛任務改由自己一人獨行。

連續三天，平水伯在山洞無事可做，除了夜間睡覺，整日便是——餓了就嚼沒煮的生米，渴了就喝沒開的冷水，偶爾才爬到洞口去窺探那山腳公路的動靜，其餘的時間便全部用來搜索那洞裡唯一的蜘蛛，「必欲置諸死地而後快」。然而這蜘蛛似乎特具靈性，深諳平水伯的惡癖，所以三天都躲在望不見的石縫裡，不敢拋身露腳，叫平水伯失望到了極點，悻然望壁興歎……

好難得等到第四天早晨，當平水伯睜開眼睛，首先映進眼簾的便是洞頂上的那隻蜘蛛，牠不知幾時偷偷從石縫躡出，正緩緩挪向洞口。平水伯大喜過望，翻身拾起丟在地上的枯枝，緊隨那蜘蛛，也爬向洞口去……可是還爬不到幾步，他倏然止步了，因為他恍惚聽到從那洞口傳進來的詭異之聲——有卡車車輪的輾石聲與「阿山兵」捲舌的吆喝聲，令平水伯不寒而慄，不自覺退卻下來，且見那蜘蛛繼續向前行去，一直到達洞口，竟然在那洞口大大方方織起網來……

既然怕被「阿山兵」發現，不敢爬近洞口將蜘蛛「置諸死地」；可是為了釘哨又不能把視線從那洞口移開，平水伯只好強迫自己耐心遠觀蜘蛛如何織網，他一生從來沒曾看過蜘蛛織網！

那蜘蛛自尾端放絲，逐步在圓形的洞口圍成一個不規則的多邊形，然後掛在洞頂那「一」字邊線的中點，讓那邊線墜成「V」字，才又開始放絲，任身子吊在半空而成「Y」字，等這垂絲結上洞底的邊線，鞏固的網基於焉而成。往後便以那「Y」字的交叉點為中心，向四面八方連成似「＊」字的輻射線，最後才以那中心做原點，環繞它織成螺旋等間的同心圓「＊」，一直織到碰邊為止。等這一切大小工程全部完成，這蜘蛛便爬回中心，坐鎮原點，守候起牠的獵物來……

平水伯看罷，搖起頭來，歎為觀止。就在這時，他不期然聽到有腳步聲自洞口傳進來，那聲音愈來愈大，顯然有人沿那羊腸小道爬到山上來……瞿爾有兩支刺刀在洞口出現！那刀尖都向上，刀刃反射著烈陽，叫平水伯睜不開眼睛，他只好將雙眼緊閉，於是兩耳便聽到兩人清晰的對話：

「那是什麼洞？」

「我看是蝙蝠洞。」

「何以見得？」

「你沒看它懸在石壁上？只有蝙蝠才會住這種洞。」

「㖿，㖿……來，抬我一下，讓我進去洞裡搜搜看。」

「我看不必了，只是白費力氣。」

「何以見得？」

「你這傻瓜！你沒看那洞口不但有蜘蛛網，而且完整不破？準是蝙蝠久沒出入，匪徒就更不必提了。」

「㖿，㖿，㖿……你說的是，你果聰明，總想得快；我就是傻，什麼都慢你半拍……」

「走走走！別儘在這兒唱山歌了！」

那兩支刺刀自洞口消失，而那腳步聲也愈離愈遠，等平水伯完全聽不見的時候，他才猛然發覺全身濕漉漉的，不知幾時盜了如許冷汗。他突感嘴巴乾涸欲裂，忙去開了水壺的蓋子，將冷水往喉嚨猛灌下去，然後才靠著洞壁直坐下來，對住洞口的蜘蛛想起許多往事……

平水伯想的都是有關「蜘蛛」的事，從頑童時代到茶行老闆的一幕一幕殘害蜘蛛的影像都迤邐不斷在眼前映現，他殺死的蜘蛛何止幾千幾百？有用腳踩的、有用土埋的、有用石頭砸的、有用自來水沖的……其中最殘忍的莫過親手用火把燒的，反正琳琅滿目，應有盡有。可是頃刻之間，從前最自然的，現在卻覺得不可思議；往日最得意的，此時卻令他羞愧交加，恨不得鑽到地下去……

不知過了多少時辰，平水伯才鼓起勇氣向洞口爬去，透過那密封的蜘蛛網，發現洞外又恢復三日來的岑寂，不必說卡車，連「阿山兵」的影子也看不到，唯一能見的就是眼前的蛛蛛！平水伯好生奇怪，三日來牠見他就逃，此刻雖近在咫尺，卻是屹然不動，毫無懼色，為什麼？為什麼？平水伯百思不得其解……然後終於有一剎那，他恍然頓悟，原來他身上發散的敵意已消失殆盡，也莫怪牠會如此放心，此後兩者可以和平共存，相安無事。

往後三天，平水伯在山洞不再感覺無聊，除了夜間睡覺，白天他都在認真工作，而且興趣盎然，那便是整日在觀察蜘蛛的形狀並研究蜘蛛的行為，如果有所發現，便驚奇讚歎；倘若有所領悟，更欣喜異常：

原來蜘蛛有八顆眼睛！四顆大的排成方口形「∷」生在額上；四顆小的排成橫火形「····」長在額下，前者用以偵察遠方之仇敵；後者用於享受眼前之美餐。

原來蜘蛛有八隻腳！右邊四隻；左邊四隻。前進時，右邊的第一、第三隻與左邊的第二、四隻同時向前移動；然後才換左邊的第一、第三隻與右邊的第二、第四隻向前移動。

原來蜘蛛捕食的都是對人有害的害蟲——像蚊子、蒼蠅、蚱蜢、蛾蝶……等等，又從來不咬人，所以是人的朋友；不是人的敵人。

原來蜘蛛坐鎮在網心守候獵物，就像警察站在十字路口守候盜賊，因為這個位置最占地理之便。每有獵物上網，蜘蛛聞風而至，用一對如鉤的毒螯將獵物一挾，同時注射毒液，令對方癱瘓或死亡，然後再注射消化液，將對方融成液體，才以吸管吸食。

原來蛛網就像魚網，每回獵物上網，都會因掙扎而破網，所以蜘蛛也像魚夫，將獵物收拾乾淨之後，隨時放絲補網。

原來蜘蛛每回行走，必在身後放絲，就像登山人員不時都身繫安全繩一樣，所以蜘蛛所到之處都有安全絲相連。一旦風聞飛鳥的撲翅聲，就任身子自由墜落，先由安全絲吊在半空，再放絲降到地面，藏進避難所。等飛鳥離遠，才援絲攀登，回到先前的地方去。

來蝙蝠洞的第七天早晨，平水伯睜眼醒來，感覺嘴乾口渴，十分厲害，遂將水壺的蓋子霍地打開，倒壺往喉嚨猛灌，可是一滴水也沒有！才恍然記起，昨夜早將壺水喝光，此時壺底已半滴不留了……

整個上午，平水伯為水源斷絕的問題而大感煩惱，雖然米袋尚剩幾日米糧，可是無水可飲，這生命又能維持多久呢？正值此憂心如焚無計可施之際，忽聞婉囀鳥聲響徹山洞，平水伯倏地坐直起來，驚見一隻燕子，幽然飛進山洞，在洞裡繞了一圈，又翩然飛到洞外去，將洞口的蜘蛛網撞出了兩個西瓜般的大洞，令整張網東歪西斜，不成網形，連平水伯看了都覺難過，就不知蜘蛛要如何收拾……

且說那蜘蛛不但不像往常放絲去綴補網上的破洞，反而將那殘餘的網絲一一吞進肚裡，一直等到洞口乾乾淨淨，不留一絲蛛跡，才不慌不忙爬回洞裡，在先前佈網的洞頂開始放絲，慢條斯理織起網來……

平水伯全身通過一般電流，猝然之間有了一番徹悟，為什麼不學蜘蛛「廢絲利用」呢？他也可以「廢水利用」啊！從此平水伯將排出的尿水全部收集在水壺之中，一滴不漏，然後等口渴難忍，才倒壺喝尿解渴……

就這樣，平水伯又勉強維持了三天，等第十天連生米也告罄的當兒，他才聽見洞外有熟人叫喊的聲音，他忙爬到洞口，發現妻舅在對他微笑，妻子也在向他揮手，那山腳更有一部三輪車在等著載他回家……

平水伯在妻子的娘家又躲了兩個多月，等市面的一切都平靜下來，他才終於悄悄溜回自己的家。一進大門，平水伯做的第一件事便是將茶行的所有工人都召集到大廳，鄭重其事對他們做了如下的宣佈：

「人有性命，蜘蛛也有性命，平平是眾生，哪會使黑白刣？此去茶行內底的蜘蛛網攏不准除，蜘蛛一隻都𣍐使踏死，火燒猶較免講。大家有聽也無？若有人敢犯，一律刣頭，轉去吃家己！」

全茶行的人都十分驚奇，平水伯一夕之間變成了狂熱的愛蛛者，他尤其喜愛蜘蛛網！

〈網〉導讀

◎歐宗智

一如東方白的小說特色，深具故事性與思想性，此篇尤具豐富多元的象徵意義。

茶行老闆平水伯自小就極端厭惡蜘蛛，不幸的二二八事件爆發，他因參加「二二八處理委員會」的會議，遭冠上「暴亂匪徒」之名。平水伯於是躲到妻子的鄉下娘家，經妻舅安置於山坡上的蝙蝠洞暫避風頭。未料洞中有大蜘蛛，令他寢食難安，屢欲置諸死地而不成。神奇的是，大陸兵前來搜索時，因為大蜘蛛在洞口織網而作罷，結果救了平水伯一命。此後，平水伯對大蜘蛛敵意全消，彼此得以和平共存，度過生死關頭，從此反而變得喜歡蜘蛛網。

東方白此一寓言色彩濃厚的故事，蘊含豐富多元的象徵意義。題目為「網」，本身即深具象徵意義，平水伯干犯政治大忌，於是政府當局佈下天羅地網，欲將之逮捕到案；至於蜘蛛織網，也是為了捕獵食物；可是平水伯卻因罪惡的「蜘蛛網」而逃過政治的「天羅地網」，幸運地保存了性命，此網乃有「捕捉／救人」、「惡／善」、「死／生」之別，成為饒富興味的小說符碼。一般來說，蜘蛛或蜘蛛網都帶給人負面的觀感，東方白卻巧妙地顛覆了此一刻板印象。

平水伯和大蜘蛛關係的轉變，十分有趣，平水伯原本是極端的「恨蛛者」，每見蜘蛛，必定發狂似的，非得除之而後快，其與大蜘蛛之間的關係當然是緊張、敵對的，妙的是，大蜘蛛織網而讓平水伯躲過一劫，平水伯見識到大蜘蛛的靈性，自此心存感恩，對蜘蛛的態度乃有一百八十度的大轉變，彼此得以和平相處。平水伯不只體認到眾生平等的真諦，還進一步成為「愛蛛者」，形成「敵意／和平」、「恨／愛」的對立象徵意義，引人深思，也使這篇小說擴大了戲劇張力。

此外，平水伯面臨水源斷絕的關鍵時刻，燕子飛入蝙蝠洞，將蜘蛛網撞破兩個大洞，象徵著帶來了希望。因為此一契機，平水伯觀察到大蜘蛛把破網全部吞回再重新織網的過程，由「廢絲利用」領悟到「廢水利用」，藉著喝尿才撐過第十天而獲救。這「吞／吐」、「無用／大用」的對立象徵，充滿了道家的哲學意味。好的小說必定對人生有所啟發，能夠開拓人生境界，或是展現出物我之間微妙的關係，東方白深具象徵意義的〈網〉，其藝術表現庶幾近之。

〈絕〉

六月仲夏的一個傍晚，當夕陽西下的時候，天邊還呈現一片彩麗的晚霞，可是一旦日落大地，天上的烏雲立刻就密佈起來，不久更淅瀝淅瀝下起了雨。這綿綿霪雨一逕下個不住，從入夜柯外科為他幼子耀祖自台大醫學院畢業在「國賓大飯店」的「秋水廳」擺設的「慶祝歡宴」開宴到深夜息宴為止，雨不但沒有停歇，而且有愈下愈大之勢，等一輛自家司機駕駛的賓士轎車，載他們父子兩人與柯府世交蘇將軍由飯店回到陽明山上的石砌別墅，驟然，閃光與雷聲交相大作，彷彿世界末日來臨一般……

「耀祖，你先去厝內提雨傘出來牽您歐吉桑入去！」車一停，坐在後座的柯外科馬上命令坐在司機右邊的耀祖道。

「是——，多桑。」耀祖隨即習慣性地點頭，順從地回答。

「倪桑，你都比我較大，著你先，哪通我先？」耀祖去後，坐在柯外科旁邊的蘇將軍側頭笑道。

「但是蘇桑，你是阮厝的貴客，到旦也猶來沒超過兩遍，當然也著你先！」柯外科固執堅持地說。

兩人往復推讓了一番，最後蘇將軍還是低頭臣服了。

說起來，再沒有誰會比蘇將軍更清楚柯外科的剛毅性格了，因為他們兩人相識至少也有一個甲子——原來二次戰前在「台北一中」（建中前身）念書的時候，兩人就是同班同學，因為是全班日本人中唯獨的兩個台灣人，所以親如骨肉，形同手足。哥哥不時激勵弟弟要在課堂上贏過他們，絕不服輸；更要在操場上拚過他們，絕不落單。因此，當前者以學業第一名畢業到日本考進「東京帝大醫學院」學醫；後者也以體能第一名畢業到日本考進「東京陸軍士官學校」習武。戰爭期間兩人都羈留在日本，直到戰後才相隨回到台灣，自此各奔東西，殊少見面。半世紀來，前者從事醫業，當過「台大醫學院」教授，成了有口皆碑的外科名醫；後者服務軍界，少壯就升到上校，卻等了二十多年，直到李登輝當了總統才官拜少將，陳水扁政黨輪替更晉級中將，不但是台灣軍人的佼佼者，近來還被邀到「陸軍軍官學校」與「三軍大學」授課，主講日本近代戰史……

耀祖撐雨傘扶著拄拐杖的蘇將軍，一步一拐地挪進別墅的大門，來到雅緻的客廳，把蘇將軍安置在廳裡的一張涼皮單人沙發後，又回頭牽他父親去了，留給他片刻的時間去環視全廳。八年前的同一個節令，蘇將軍曾經來過這同一個客廳，那廳中燈光輝煌，正面有一座大理石壁爐，爐上掛了一幅柯府先祖清朝官服的大油畫，畫頂橫著一塊檀木黑匾，刻著「流芳萬世」四個金黃大字，畫的兩旁懸了一付縱軸對聯，是柯外科用蒼勁的正楷親自揮筆落墨的，左右分別題的是：

榮宗室之功磨穿鐵硯

耀祖先之名立志不衰

這一切與上回來時毫無兩樣，唯有客廳的背面增置了一個書櫥，櫥內的書籍各色各樣琳琅滿目，卻有一排「世界偉人傳記」清一色的套書特別耀眼，就在這排書的書架上擺了一尊「俾斯麥」赭色石膏的精雕頭像……

耀祖終於領柯外科走進客廳，等後者在蘇將軍對過烏心石茶几的另一張涼皮單人沙發坐下來，前者也在兩人一側的天鵝絨長沙發旁閒立起來，蘇將軍見了，笑對他說：

「哪不全陣坐落來？耀祖……」

「囝仔人哪會使佮大人仝陣坐？在邊仔企就已經真夠額囉。」柯外科搶白說，然後喝令道：「也𠑮曉去泡兩杯茶來給歐吉桑佮我飲！」

「欲泡什麼茶？」耀祖小心翼翼地問。

「也著問？當然也是我平時列飲的鐵觀音。」

蘇將軍聽了，馬上打岔道：

「倪桑，我最近上課話講尚多，嗄聲（sau-siaⁿ，聲音嘶啞），鐵觀音尚厚恐驚不好，還是香片薄復潤喉較好。」說畢轉頭側對立者，補了一句：「阿你咧？耀祖……」

「囝仔人欲佮人飲什麼茶？飲滾水就好丫。」柯外科代為回答。

耀祖離去之後，客廳頓時安靜下來，整晚在「國賓大飯店」的筵席上，迎賓應對杯觥交錯，柯外科根本分身乏術，只能跟蘇將軍點頭寒暄而已，直到現在，才終於找到兩人單獨的機會，可以隨心所欲談新述舊。首先，兩人都默默把對方仔細端詳了一番——柯外科穿一件白麻透風的夏威夷衫，自短袖露出一雙乾皮起皺的手臂，頭頂寸草不留，光可鑑人；蘇將軍著一身黃呢標緻的將官戎裝，胸前掛一枚青天白日勳章，滿頭儘管濃密，卻已白髮皤皤……等兩人的視覺都滿足之後，蘇將軍才正襟危坐，認真問起話來：

「倪桑，我看你十年來身軀攏猶真勇健。」

「托福，托福，蘇桑……你確實講了沒不著，到且一般老人的高血壓佮心臟病我都猶無咧。」

「阿目睭佮耳仔不知安怎款嚄？」

「呃，若講著我的目睭是通世界沒地找的，到旦讀書開刀攏猶免戴目鏡；但是我的耳仔就沒目睭遐（hia，那麼）好丫，有時會聽沒啥清楚，有時會將即項聽做彼項……不但耳仔，連即兩支手近來也沒啥欲聽話，阿都風濕嘿，特別像今日即偌雨來天，就痠軟，就沒力，彼陣仔我就沒辦法開刀，孤企在手術台邊仔，指揮我的學生開刀。」說了這些，柯外科沉默片刻，揉揉雙肘，補問一句：「阿你咧？蘇桑，目睭佮耳仔猶無問題？」

「無，無……」蘇將軍猛搖頭微笑道：「我的目睭佮耳仔一點仔問題都無，都佮少年的時陣完全像款，連雙手也安倪，若有是孤我即支左腳而而。」

「你左腳到底是安怎？」柯外科瞥了一下斜靠在蘇將軍沙發扶手的拐杖，關懷地問：「見面就想欲問你，但是規暗攏找沒時間。」

「你也遂不知？戰前在『東京陸軍士官學校』訓練的時陣，有一個項目是『騎馬』，我騎的彼隻馬平時都真乖真馴，哪知影有一日突然間掠狂起來，亂蹌亂跳，加我摔落土腳，摔斷一支大腿骨，雖然以後有罩石膏接起來，而且幾十年來也攏沒代誌，但是最近才發覺當初軍醫含慢，骨接了沒好勢，才致使今日的關節炎，在教室教書若企一下久，腳就會痠，會痛，會企𣍐在，所以不得不用一支拐仔來代替左腳。」

「啊，人列講：『天有不測之風雲』，換做你咧，蘇桑，應該改做『馬有不馴的時陣』。」柯外科總結地說。

客廳再度陷入闃靜之中，蘇將軍發覺柯外科說完之後，一直仰頭凝視壁上「流芳萬世」右方的那軸縱聯，好久好久才用異乎平常的語調，輕柔而顫抖地說：

「唉……沒講你不知影，蘇桑……我彼大子……我彼大子……」

「你的大子榮宗安怎？」蘇將軍逼不及待搶著問。

「伊已經沒去丫……連𪜶某，連𪜶兩個囝仔……一家四個仝日做忌。」

蘇將軍是如此震撼，連他的拐杖也叩地一聲掉在地上，但他卻不去撿，只馬不停蹄，緊接著問：

「到底是安怎發生的嚄？倪桑……」

「阿都有一日，病院休假歇睏，伊家己駛車，載某載子，講欲去『野柳』看海景，哪知影在『三芝』的所在，佮一台載沙石的卡車正面相撞，規台車撞到碎塭塭，人都猶較免講，一家四個仝日做忌。」

蘇將軍不禁搖頭歎息起來，而柯外科說畢，馬上又恢復原本堅毅的表情，只淡淡補了一句：

「幾年來，伲的房間攏沒加伲振動，伲的物件攏猶保存好好。」

耀祖用茶盤端了兩杯冒蒸氣的熱茶進來，先將漂葉的一杯放在柯外科的几上，才將浮花的一杯置在蘇將軍的座前，柯外科見了，皺起眉頭，啐道：

「哪會我先？不著您歐吉桑先，伊是倆的貴客啊！」

「沒客氣，沒客氣……」蘇將軍謙遜地說，側頭問了一句：「阿你咧，耀祖。」

「我免，我膾嘴乾。」耀祖搖頭回答。

蘇將軍與柯外科同時捧起茶杯，各吹了杯上的花葉，各飲了一口，然後同時放回桌上。無意間，蘇將軍瞥見耀祖側立在長沙發椅背的半身像，不覺驚呼起來：

「就像安倪！就像安倪！我會記得八年前榮宗也企在彼塊椅仔後面，面形及姿勢佮耀祖即馬完全像款！」

蘇將軍的記憶一向非常健全，八年前的舊事，鉅細靡遺，歷歷如繪，如在眼前——也像今天一樣，柯外科為榮宗自台大醫學院畢業在「國賓大飯店」的「春山廳」擺設「慶祝歡宴」宴請男性賓客，回家途上，柯外科、蘇將軍、榮宗與耀祖，四人同車，那時耀祖才念完建中高二，穿藍色學生制服，戴同色軍訓盤帽。也像今天一樣，進了客廳，與蘇將軍在單人沙發對坐下來，柯外科便命榮宗去泡兩杯茶來，只是兩杯都是鐵觀音，而非一花一葉。喝茶之際，榮宗與耀祖，各立在長沙發兩側，一大一小，而非單獨一人……喝過茶後，父親與幼子之間驀然展開了如下激烈的對話：

「耀祖，您大兄台大醫學院已經畢業丫，阿你復一年就欲考大學，你敢有決定將來欲讀什麼？」

「有，欲讀藝術系。」

「𣍐使！你著愛讀醫學系，佮您大兄像款，絕對著努力考入台大醫學院！」

「但是多桑，我自細漢就愛畫圖，校長賞、市長賞、省長賞……得透透，這是我的趣味，所以我將來想欲考師大藝術系。」

「我講𣍐使就是𣍐使！你知影全世界有幾若萬個畫家才出一個 Picasso 佮一個 Matisse？十個畫家九個餓餓死！若有趣味，將來做醫生閒落來的時陣才去畫，但是即馬你沒加我決定考醫學院𣍐使！」

「多桑，你是醫生，榮宗也是醫生，我頂頭的四個姐姐也攏嫁醫生，僑丹已經有迵俔多醫生，敢猶有欠我一個？」

「有！就是孤欠你即個最後的醫生！因為我設的家規是：『子絕對愛做醫生，查某子孤會使嫁醫生，連新婦也著愛來自醫生之門』。」

「多桑，安倪講起來，『貴』有『貴族』；『醫』也有『醫族』？」

「著！一點仔都無不著！倆便是『醫族』，因為柯府是『醫生世家』！」

「多桑，你敢獪感覺安倪分配沒公平？孤給倆規家做醫生，叫其他的人全部做病人？」

「社會本來就是沒公平嘛，有能力的人盡量做醫生，沒能力的人才去做別項。」

「這問題我已經想誠久丫，多桑，我猶是決定將來欲讀藝術系。」

「若安倪，倆就來斷絕父子關係！你復一年就會使由厝裡搬出去！你將來大學的學費佮生活費用一切攏你家己負擔！」

耀祖不再回答，父子爭論就此戛然而止……

對於蘇將軍的意外驚呼，柯外科一時沒有回應，因為他也陷入同樣的回憶之中，一直等到前者重提話柄開口說話，他才猛然驚醒過來……

「倪桑，會記得八年前彼暗，耀祖猶想欲讀藝術系，阿以後是安怎攻讀醫學院咧？」

「攏也是我堅持的！自從彼暗你離開了後，伊三日三暗攏關在家己的房間內底，使潑

（sai-phoat，使性）不出來吃飯，伊既然𣍐吃飯，我就下令厝的任何人攏𣍐使捧飯去伊房間姑成（ko-chia^n，苦勸）伊吃……最後，伊才不得不屈服，來我面前，親嘴對我講：『多桑，我決定放棄藝術，甘願去讀醫學。』」柯外科得意地回答。

「著！著！倪桑，你做起真著，若不是你當初的堅持，哪有您子今日的成就？」蘇將軍鄭重地說，然後轉對耀祖：「所以耀祖，你著愛大大感謝您多桑才著。」

「是——，多桑，」耀祖說，遙對柯外科微微鞠躬：「我十分感謝你，為了欲給你滿足，我該做的攏做丫。」

柯外科頓頭領受了，側臉瞥了書架上的「俾斯麥」石膏像一眼，對蘇將軍絮絮說了起來：

「蘇桑你敢知？幾年來我若有閒，就是躺在彼塊長沙發，讀書架仔彼套『世界偉人傳記』，其中我上愛讀的就是《俾斯麥傳》，伊在議會講的彼句話——『當前的重大問題，絕對不是演說、辯論抑是多數的表決會通解決的，只有是靠「鐵」佮「血」！』我上欣賞，因為我家己就是安倪，當初若不是我踏硬（ta-ngī^n，堅持），耀祖今日才沒才調做醫生！」

「莫怪！莫怪！所以人不才尊稱俾斯麥是『鐵血宰相』，我看我也應該叫你『鐵血醫生』才對哦？」

「若有人欲叫我『鐵血醫生』，做伊去叫沒要緊，我是𣍐反對啦。坦白講，我的意志堅強若『鐵』咧，代誌一旦決定欲做，是沒一項沒成功的；阿若講到『血』，做外科的逐工開刀攏也著見血，彼哪有啥？」說到這裡，柯外科斜乜了一下耀祖，繼續對蘇將軍說下去：「其實『錢沒兩圓仆𣍐嚾』（poa-boe-tan，擲不響），將畫家變做醫生即項代誌，有老父踏硬也需要囝仔決心才會成功，所以若論意志堅強，我敢講耀祖𣍐輸我，甚至比我猶復較強！」

「這就是人列講的『將門出虎子』啦。恭禧，恭禧，倪桑。」

「嗄，彼是列謳樂您做將軍的家庭，阿若換做阮咧，應該改做『醫門出鐵子』，甚至『醫門出鋼子』猶復較正確！」

蘇將軍頻頻點起頭來，而柯外科似乎意猶未盡，於是又將話題延伸下去：

「有一件重大的代誌蘇桑你不知影，我趁這機會順續加你講——耀祖對我表示伊的決心沒外久，有一日欲暗仔，我由病院轉來到厝的面前，忽然間舉頭發現厝尾頂的一支煙囪列漬煙，即支煙囪通客廳的壁爐，阿這壁爐是特別為了裝飾才設計的，自來就沒想欲實際使用，到底什麼人迦倪大膽，沒我通過隨便列加我焮柴？我十分受氣，也十分驚惶，趕緊走入來客廳，一下加以看，竟然是耀祖，伊當列將伊一生所畫的圖佮所得的獎狀，一張仔一張擲落去壁爐燒！我大聲就問伊：『耀祖你起猾是否？你知影你列創啥？』伊面兩江目瀾（bak-sai，眼淚），嘴咬嘴齒根，搖頭回答我：『多桑，我沒起猶……為了欲佮藝術斷絕關係，此後專心一意讀醫生，我才決定將即割物件燒燒掉……』所以我不才講『鋼子』比『鐵子』猶復較適當，伊意志的堅強，我的幾若倍以上！」

客廳又陷入極度的寂靜，連屋頂的雨聲也聽得清清楚楚，雨點是愈來愈大愈急了，倒是雷光暫時消聲匿跡不見影蹤……

柯外科與蘇將軍各飲了變涼的一口茶，兩人不約而同地注視起壁上的那一付對聯來，特別是前者，若有所思，忽然心有一得，開口問起後者來：

「蘇桑，你看壁頂即付對聯寫了安怎款？」

「寫了真好啊，倪桑。」

「我不是即個意思，我是想欲知影──你敢沒感覺彼已經過時丫？」

「膾咧……倪桑。」

「這表示你猶沒了解，你好好仔聽我講──『磨穿鐵硯，立志不衰』即兩句是當初為了欲鼓勵榮宗佮耀祖伢兩個兄弟仔認真讀書的，後來伢都達著目的，攏做到醫生，沒必要即付對聯丫，應該換一付較適當。」

「你欲復重寫一付？倪桑……」

「不免，都已經便便丫，只欠費一點仔工夫加俔調換一下而而。」言罷，轉向耀祖，命他說：「你先去地下室的倉庫間扛彼塊登椅來，才去榮宗的房間佮你的房間去提您兩個兄弟仔前後得著的金牌來。」

耀祖去後，蘇將軍側頭詫異地問：

「兩個金牌？是什麼金牌？倪桑……」

「你敢不知？都兩個兄弟仔由台大醫學院畢業的總成績攏是全班第一名，所以兩個人在畢業典禮的時陣，攏得著醫學院院長親手頒發的金牌獎狀。」

柯外科容光滿面地回答，蘇將軍連連吟哦起來……

耀祖扛了登椅又抱了兩面金牌來，他先爬上登椅把那壁上的縱軸對聯卸下來，再一一將兩面金牌掛上去，掛的當兒，柯外科立在爐前指揮調度，父子兩人忙做一團，落得蘇將軍坐在沙發，拄著拐杖看閒。等最後大功告成，蘇將軍才終於看清「流芳萬世」兩旁新掛的一付金牌對聯，道是：

學冠群倫

鵬程萬里

不僅蘇將軍對這付對聯連連稱讚，甚至柯外科也對它們嘖嘖激賞，後者感動之餘，轉對聯下的耀祖，鄭重其事地說：

「耀祖，你終局台大醫學院畢業丫，我義務已經盡到丫，肩胛頭也輕鬆丫。此後，我膾復對你有什麼要求，你會使完全自由丫。」

「是——，多桑。」耀祖欠身感謝道。

耀祖扛登椅離開客廳的時候，柯外科突然心血來潮，將他喊住，對他說：

「你落去地下室的倉庫間，順續將我早前去日本參加博覽會買轉來的彼矸『養命酒』搰起來，我想欲佮您歐吉桑對飲，一來恭禧你醫學院畢業，二來祝賀阮兩個幸福老康健……你知不？彼酒矸仔頷頸細細，腹肚闊闊，放在倉庫角仔彼鐵架仔頂，你信採去找就有。」

耀祖下去地下室後，柯外科也信步踱到窗口，望了一下天空，轉過身來，欣然宣佈道：

「沒雨丫！」

蘇將軍側耳諦聽，萬籟俱靜，不只雷光，連雨也完全停止了……

踅回自己的單人沙發坐定後，柯外科又拾回話柄，問起蘇將軍來：

「蘇桑，你柢才提起你最近列教書，不知在嘟位仔教嚄？」

「在『陸軍軍官學校』佮『三軍大學』兩間教，倪桑。」

「阿你是列教什麼？」

「主要是教『日本近代戰史』，其中我上愛教的是『日俄戰史』。」

「為什麼你對『日俄戰史』會特別較趣味？」

「因為日本近代的三場大戰中——頭一場雖然打贏清國，但是彼贏起沒夠氣；第三場輸給美國，彼輸起真淒慘；第二場戰勝帝俄，這才真正光榮，日本軍不但贏起誠徹底而且也出現幾位名將，像東鄉海軍元帥佮乃木陸軍大將……特別是乃木大將，人稱呼俾斯麥是『鐵血宰相』，我在教室上課時攏稱呼伊是『鐵血將軍』。」

「你哪會尊稱乃木是『鐵血將軍』咧？蘇桑。」

「這講起來話就長，不過我會使簡單講幾句仔給倪桑做參考。」蘇將軍正襟危坐，清清喉嚨，徐徐說了下去：「自從日俄兩國宣戰，日軍四十萬分四路，由黑木、奧、乃木佮野津四位將軍率領，進攻東北俄軍的基地，其中乃木將軍第三軍的任務上艱難，因為伊的目標是旅順，這是真重要的軍港，自滿清統治到俄國租借，連相續攏在四面的山頂造真多的砲台，乃木將軍憑鋼鐵的意志佮人海的戰術，用五個月的時間，才將砲台一個仔一個攻破占領。日俄戰爭，日軍陸軍死傷的官兵總共十萬，其中大部分是在旅順苦戰中陣亡，特別是『二〇三高地之役』上激烈上悲慘，就親像陸海軍歌所唱：『海ゆかば水漬く屍，山ゆかば草むす屍』（意譯：『積屍成海，堆骨如山』），聽著的人沒一個沒感動的。」

蘇將軍停息半晌，見柯外科低頭凝視几上的空杯，陷入沉思之中……最後乃做結論地說：

「以上是『正史』，以外有一割『野史』，有的會給人流目灑。」

蘇將軍本來只想就此打住，沒想卻勾起柯外科的好奇，教他驀地將頭抬起，趨向前來央求道：

「你也講來聽看覓，蘇桑。」

蘇將軍不忍，於是又清一次喉嚨，接下去說：

「沒法度攏講，倪桑，孤講其中的一個故事就好——日俄戰爭戰勝凱旋彼一日，日本全國的百姓攏溢來東京的大街，熱烈歡迎榮歸的軍隊。即一暗，夜深人靜的時陣，乃木將軍家己一人私服巡視東京的小巷，伊來到一條巷仔的巷仔底，無意中聽著一陣斷續的哭聲，由一間破厝仔傳出來，彼聲音十分的悲慘，伊忍繪著，輕輕仔揀門入去，才發現一位老查某跪在栽一張陣亡戰士遺像的佛桌前列哭。乃木將軍恭敬為彼陣亡戰士拈香，拈煞才想，欲好言安慰彼老查某，想繪到遂給伊認出來，繪等乃木將軍開嘴，伊就十分怨恨，先對乃木將軍講：『「一將功成萬骨枯」……您做將軍的人哪會知影阮做老百姓的痛苦？』乃木將軍並沒受氣，伊十分禮貌回答伊：『夫人，妳的痛苦無人會比我較了解，因為妳才一個子陣亡，我甚至兩個子攏陣亡。』」

蘇將軍的故事驟爾終止，良久，他才用顫抖的低音補了一句：

「你也知影，倪桑……乃木將軍佮伊的夫人兩人，最後在明治天皇崩駕的同一日，雙雙切腹，哀榮殉節。」

客廳死寂，一絲聲也沒有，這沉悶的氣氛彷彿要持續幾千幾萬年之久……

猛然，一聲霹靂響徹全屋，震駭了廳裡的兩位老人，教柯外科抱怨地咕噥起來：

「都沒雨丫，哪會列嘽雷公？」

「這不是外口的雷聲，倪桑，這是厝內的槍聲。」蘇將軍老成經驗地回答。

「厝內欲嘟生槍聲？」

「有，由地下室發出來的。」

柯外科聽罷，拔腿飛奔到地下室，卻發現室內一片黑暗，忙去按電燈開關，原來電燈久不使用不知幾時壞了，只奇怪剛才耀祖上下搬登椅時為何不說？也不去計較這些，柯外科仍然摸索來到倉庫門前，更驚覺庫門反鎖，怎麼推也推不開，於是瘋狂猛叫起來：

「耀祖！……耀祖！……耀祖！……」

蘇將軍拄了拐杖，也隨後一拐一拐蹭到地下室來，與柯外科兩人，一個以無力的手，一個用搖晃的杖，交相推敲倉庫那厚重的鐵門，可是那鐵門倔然固若金湯，絲毫也不願讓步……

晚上載他們三人回來的司機，聞聲自車房趕來，立在地下室的樓梯口，驚訝萬狀地問：

「頭家，啥代誌？……頭家，啥代誌？……」

「緊！緊去舉手電來！」柯外科洪鐘喝令道。

司機奔回車房，當他提著打亮的手電筒自樓梯蹣下來，柯醫生等不及迎上前去，搶了他手中的手電筒，回頭往鐵門一照，柯外科與蘇將軍四隻明亮的眼睛，同時清晰地看到地上一灘鮮紅的血，血從門下的細縫慇慇流了出來……

〈絕〉導讀

◎歐宗智

東方白曾為憂鬱症所苦，病癒後全然積極地去面對人生，且對寫作充滿使命感，他喜歡引用伏爾泰的哲句「沒有事做與死亡沒有分別」、「一切工作最後總會給人無比的快樂，並且取代了生活上的許多無益幻想」，但東方白體認到人生的不完美，深諳「退一步海闊天空」之理，是以其作品即使寫死亡的悲劇，或多或少仍會帶給讀者一絲光明的希望、溫馨的氣息。然而像〈絕〉這般充滿「死亡」與「陰鬱」之氣氛者，可說絕無僅有，當然讀者亦可從中了解東方白對於嚴父的沉痛批判。

此篇寫醫生世家柯外科的家規是，子須讀醫科，女要嫁醫生，連媳婦也得來自醫生之門。柯家四個女兒都嫁給醫生，長子「榮宗」台大醫學系畢業，不幸一家四口車禍身亡，時次子「耀祖」念高中，將來想讀藝術系，卻在「鐵血」柯父以「斷絕父子關係」要脅之下，耀祖不得不放棄夢想，燒燬所有繪畫獎狀，順從父意，考取台大醫學系，跟兄長一樣都是第一名畢業，柯醫師得意之餘，在飯店宴客慶祝，當晚邀昔日中學好友蘇將軍同返陽明山別墅敘舊，也告訴兒子，身為人父的義務已盡，不再對兒子有任何要求，讓兒子完全自由。未料耀祖個性比父親更剛強，竟在地下室舉槍自戕，對八年來的個性遭到無情壓抑，予以報復，表達最嚴重的抗議。此一家庭悲劇，當然是由於柯家父子彼此個性剛強、互不退讓所造成，然而小說中對於柯母隻字未提，若有溫柔的柯母居間緩衝，或可避免這樣的悲劇發生吧！

東方白以「鐵血宰相」俾斯麥、「鐵血將軍」乃木的事蹟，烘托「鐵血醫生」柯外科，連平時愛喝的茶亦是「鐵觀音」。大廳橫幅「流芳萬世」，以及兩位中學老友之「幸福老康健」，在「耀祖」自盡以後，全都變成了莫大的反諷，怎不令人省思？

再者，此篇人物對白亦使用閩南語書寫，展現東方白方言寫定的深厚功力，尤其發揮高度想像力，在兼顧形音義之下，獨創了不少字詞，諸如嗄聲（sau-sia^{n}，聲音嘶啞）、姑成（苦勸）、踏硬（ta-ngi^{n}，堅持）、錢沒兩圓「仆膾彈」（poa-boe-tan，擲不響）、目灑（bak-sai，眼淚）……等，諳閩南語者朗讀之，必然頷首稱許，露出會心一笑。

〈鸚〉

正人君子：

您好！

我是明明的媽，我今天到南京東路「自由時報社」想登一則尋鳥啟事的廣告，那報社的辦事人員聽了十分同情，叫我不必登廣告，可以直接寫信給您，他們願意在「讀者來信」的公開園地義務為我披露，這樣您就更有機會讀到，所以我才寫了這封信。

您知道嗎？自從您把我們家的牡丹鸚借走，我們明明已經三個禮拜不食不眠，整日徬徨若失，對著那原來掛鳥籠的空鈎發呆。

你一定不知道明明是我們的獨子，他天生是智障兒童，他患有嚴重的自閉症，我帶他看遍了全台北市的精神醫生，但始終沒有效果，直到有一天他叔叔送給他這隻牡丹鸚，他的病情才有了起色，也開始能夠微笑。

這牡丹鸚是孵化離巢後十天就送來我們家的，到現在已足足養了三年，幾乎是跟我們明明一起長大的，所以他叫牠「弟弟」，而他確實把牠當成弟弟，吃喝玩樂他們經常都在一起。

每天早上明明就餵「弟弟」向日葵子與青菜，然後用小梳子梳牠胸前豐滿漂亮的黃色羽毛，中午一定給牠噴霧讓牠沖涼，傍晚一定帶牠到後院散步。我們的鳥籠不是為了關鳥的，只是為了讓鳥有個棲息之所，所以那籠門四時都打開著，鳥可以在屋裡自由飛翔，三餐與睡眠的時候才自己飛回籠裡去。

明明和「弟弟」兩個是相依為命的，除了睡眠才各自回自己的床鋪，整日兩人幾乎結成一體。在家裡「弟弟」四時都攀在明明的肩上，只等生人上門因為怕生才躲進明明的衣服裡，還從他的圓領探出頭來看生人。那已是以前的事了，一年來牠已逐漸不怕生，譬如最近每個週末我們都帶明明去「麥當勞」，「弟弟」就不甘寂寞也要跟著我們去，「漢堡」、「麥香魚」、「麥香雞」……牠都不屑一顧，可是一見到「薯條」，牠就在明明的肩上大聲聒噪，張開紅嘴，鼓展綠翅，歪過頭來搶明明嘴上的「薯條」，看他們兄弟倆各咬住「薯條」的一端，來回拉鋸，像拔河一般，您一定會同我們一樣笑彎了腰。

我提過他們兄弟吃喝玩樂都在一起，其實連生病也在一起，譬如三個月前明明感冒，「弟弟」也感冒；明明打噴嚏，「弟弟」也打噴嚏；明明全身無力躺在他的床上，「弟弟」

也全身無力躲回牠的鳥籠裡。我們拿阿司匹靈和維他命C給明明吃，明明也堅持我們也照樣給「弟弟」吃，我們不依，說鳥不能亂吃人藥，結果明明偷偷把我們給他的阿司匹靈與維他命C各剝半粒，放在鳥籠裡的水槽攪融給「弟弟」喝。您真不敢相信，果然等明明病癒，「弟弟」也病好了。

您看，這牡丹鸚已不僅僅是我們明明的寵物，牠已變成了他的「朋友」、「弟兄」、「護士」、「醫生」。您喪失了寵物，你容易買；但您喪失了「朋友」、「弟兄」、「護士」、「醫生」，你何處去買？三個禮拜來我們已不只一次帶我們明明到華西街的鳥市看過不知多少牡丹鸚，但他都不要，他偏要他的「弟弟」，而我們心裡也明白，即使他肯要，等這新鳥變成他的新「弟弟」，時間又得花三年，只怕那時我們的明明已因寂寞憂鬱病情加重而不在人間了。

所以，您這位正人君子，請您高抬貴手，把「弟弟」送還給我們明明好嗎？我們已準備了厚酬，想感謝您對我們明明的同情與憐憫。

明明的媽

＊　＊　＊

明明的媽：

對不起！

我已經把明明的鳥籠掛回原來的鈎子，相信明明又可以開始微笑了。本來以為做完這件事良心就可以平息，可是回來還是心緒不寧，老覺得有幾句話非跟您說不可，才借《自由時報》的一小角給您寫這封信。

那天在《自由時報》上讀到您的信，我難過極了，馬上跑去西門町的寵物店，想用原價另加小費把「弟弟」買回，哪裡曉得早被人家買走了，我問店主那買主是誰？地址在哪裡？電話幾號？他一概不知。我失望已極，正想走出店門，迎面走進來一位女人，原來是這寵物店的店員，她與店主輪流看店，因此我便把同樣的問題又向她問了一遍，她頗躊躇了一會，終於記起來了，告訴我是在她看店的時候有人來把「弟弟」買走，那買主是一位紳士，付完錢提了鳥籠就走，既沒留下地址，更沒留下電話。我再次失望，第二度想走出店門，突然又被那女店員叫住，告訴我她記起那紳士付錢不是用現金，而用信用卡，她還記得那筆交易的錢數，她可以馬上找出信用存根為我查，我大喜過望，於是又留在店裡等她查。

那紳士的名字原來是十分通俗的人名，當然不能去信用卡銀行查他的地址，因為銀行職員為了守密也不可能隨便告訴人，我只好去查台北地區那本厚厚的電話簿，才發現單只台北地區與那紳士同姓同名的就有三百多個，一時把我嚇昏了，但實在沒法，也只好一個一個打電話去問，問他們某年某月有沒有在西門町的某寵物店向女店員買過一隻牡丹鸚？有的電話有人回，有的電話人不在，所以打通三百多個電話，足足就花了我三天三夜，但皇天不負苦心人，那紳士最後還是被我找到了。

才提及牡丹鸚的事，那紳士便開始詛咒，說他倒霉才買到那隻鳥，不到兩禮拜他已經對牠感到厭倦，正不知要如何把牠扔棄，沒想我竟對牠那麼感興趣，如果我想要，他樂得免費把牠送給我。我大喜過望，滿口感謝，就按那電話簿上的地址，叫一部計程車飛速趕了過去。

到那紳士的家，才發現對方原來是個暴發戶，家裡的沙發電器雖然都是上等貨色，可是裝飾擺設卻俗不可耐，一眼就可以看出他絕不是愛鳥的人，牡丹鸚不過買來當後廳的點綴物而已。然後等他把鳥籠提交給我，我更大感驚訝，大概是離家寂寞加上始終被關在籠裡，「弟弟」已把胸上羽毛全部剔光，剩下赤裸的皮肉，也難怪那紳士才會感到厭倦，將「弟弟」棄之如敝屣。

看到「弟弟」胸上沒有羽毛的可憐相，我心裡感到十分難過，所以就直接把鳥籠提回西門町的寵物店，想問那店主要如何治療？沒想他一看到「弟弟」的病狀，立刻就告訴我說牠是一隻稀有的「靈鳥」，也只有「靈鳥」才會發生這種剔羽的病狀，這種心病無藥可治，唯有將鳥送回故主，牠才會停止剔羽，而羽毛自會重新生長。他慶賀我終於把「我的鳥」尋回，他怎麼也想不到我終於把「你們的鳥」送還給你們。為了表示我內心的愧疚，我順便用原來賣「弟弟」的錢向店主買了另一隻牡丹鸚，就叫牠做「妹妹」，與「弟弟」配成一對，放在同只鳥籠，一起送還給你們。

明明的媽，真感謝您，要不是您那封信，我還以為我是世上最不幸的人，我有權利向別人取得我所缺乏的東西，沒想世上還有比我更不幸更缺乏的人！也真感激您，您竟然不吝稱我「君子」，給我臉上留一點光彩，我確實是「君子」，只不是您形容的「君子」而已。無論如何，我已決定痛改前非，為了把鳥籠送還給你們，昨夜才不得不又翻了一次牆，但那是最後一次，以後不再，永遠不再！

樑上君子

〈鸚〉導讀

◎歐宗智

這是溫馨有趣的小故事，自閉兒的寵物牡丹鸚「弟弟」失竊，遭到變賣，自閉兒悶悶不樂，母親乃登報請求樑上君子歸還牡丹鸚，小偷知悉之後，良心不安，透過鳥店，想方設法終於找到暴發戶買主，想購回鳥兒，沒想到牡丹鸚有靈性，因思念原主人而剔羽成了醜陋的裸鳥，暴發戶棄之如敝屣，正好由小偷免費取回，且用原本賣「弟弟」的錢向店主購買另一隻牡丹鸚「妹妹」，與「弟弟」配成一對，放在同只鳥籠一起送還失主。

此篇的對立象徵饒富意義，同樣是寵物，牡丹鸚在愛鳥的原主人家中被視為家人，如同天堂般快活；到了不愛鳥的暴發戶家裏則被視為點綴，如同地獄般痛苦。而自以為是「世上最不幸」的小偷犯了案，得悉失鳥者之心情後，發現世上還有比他更不幸的人，於是幡然悔悟、痛改前非，使自閉兒轉悲為喜。讀完此篇，終於了解篇名何以是「鸚」字倒寫，衷心佩服作者之巧思。

此精短篇「快活／痛苦」、「幸／不幸」、「犯錯／改過」、「悲／喜」的多元對立象徵，在在讓人咀嚼回味。

〈鬱〉

當一部開往木柵方向的公共巴士在「台大醫院」與「和平公園」之間的「公園路」巴士站停下來，一位三十歲左右的女士登上巴士，隨在她後面登上來一個差不多年齡的壯漢。前者一臉沉鬱，她是剛剛自醫院門診出來的；後者精神煥發，他是早上來公園打拳回家的。

那巴士不必說坐位，即使走道也擠滿了人，因為距她下車的「台灣大學」巴士站有一段相當長的車程，何況此時她全身虛弱無力，非找個位置歇歇不可，於是她掰開眾人，來到車尾，才發現原來這裡也跟前頭一樣，坐無虛席，她不免心沉了下去，正躊躇是不是再回到車前，那裡隨時有人下車較容易找到空位，卻驀然聽見背後一位女人開口說話：

「阿義……你也爬起來給這阿姨坐，人講『大人爬椅，囝仔坐椅』就是你，你不著學您姐姐，企咧大才有乖，阿媽不才欲痛你，以及也較捷迺（chhoa，帶領）你出來迌迌。」

女士急忙轉頭，瞥見說話的那位年近六十的慈祥祖母，她坐在最後排的椅子上，她的左邊坐著一個四歲男孩，他手上捏了一隻小烏龜，龜頭往前直伸，四爪在空中亂爬……這祖母的面前立著一個六歲女孩，她打了一雙辮子，手抱住一個她半身大的洋娃娃，藍眼翹鼻，也跟她一樣結了一雙小辮子……

「我腳痠，我欲坐；阿美沒痠，阿美愛企。」阿義抗議道，仍然緊握烏龜，屁股原椅不動。

「否阿媽抱你啦……來！來坐在阿媽的腳頭夫，椅仔讓這阿姨坐好否？」

阿義這才點頭同意了，於是阿媽一把將他連同他手上的烏龜抱到她的膝蓋上，騰出了空位，讓女士儘管不好意思卻是十分珍惜地向他們感謝一番，然後轉身彎腰，在椅上徐徐坐了下來……

她在椅上閉目養了一回神，等喘息稍定睜開眼睛，才發覺原來那個跟她同時上車的壯漢，也隨她來到車尾尋找位置，既已被她捷臀先坐，只好立在她跟前，

他穿一白色的運動衣與運動褲，腳踩球鞋，頭戴舌帽，一隻粗臂強握車頂的平衡桿，臂上刺了一條舞爪的青龍。站在這男人臂下的側窗椅上，坐著兩位尼姑，一老一少，那老的頭上鑄了六顆戒珠，那少的顯然初入空門，頭上一顆也沒有。兩人都著灰色的袈裟，手數念珠，嘴裡念佛，只是那老的把頭高高抬起，而那少的則將頭垂得低低的……

那祖母側頭對女士端詳了好久，終於忍不住，小心問了起來：

「妳面色哪會即歹（chia bai，這麼壞）？是什麼仔不柢好？」

「我去『台大醫院』檢查身體……」

「妳破什麼病？」

她輕輕搖頭，沉默了半晌，才壓低聲音，囁嚅地說：

「我兩個月前才漏胎……」

祖母理解地點點頭，那老尼姑睜大眼睛，那少尼姑抬起了頭，而那男人則瞟了她一眼，繼續回望窗外飛逝的街景……

「阿妳敢無其他的囝仔？」

「無……」她猛烈地搖搖頭：「這是我頭一胎，結婚五年才有娠，大到八個月才漏胎，所以誠不甘，誠肝苦……」

「阿彌陀佛，人生苦海，佛法無邊……」那老尼姑立刻迸聲說了起來。

祖母同情地點點頭，深深歎了一口氣，接下去說：

「是講家在妳猶有先生在身軀邊通安慰妳，即偌時代，不知外多單身查某連這都無哦。」

「但是阮先生無在我的身軀邊……」

「無在妳的身軀邊？否在嘟？」祖母提高嗓子問。

「在中國……公司派伊去做廠長，無去𣍐使……一去半年才會通倒轉來，但是過無一個月又復去ㄚ……在彼ㄚ伊攏著跟中國人氣心勞命，轉來攏列破病吃藥仔，伊家己都欠人安慰ㄚ，就是在身軀邊，也無法度通安慰我……」她說。

「勘！（發音在『看』與『幹』兩字之間）若講起偲彼割『阿陸仔』。無一個會比我復較內行！」立在他跟前的壯漢突然破口咒道，然後自言自語說了下去：「我也是去給人派去中國做廠長的，在廠內每日著跟工人勞氣，彼猶是細條代誌；在廠外每月著向機關塞錢，彼才大條！逐間機關攏落袋仔開開，等欲食錢，大的食，細的也食；有關係的食，連沒關係也欲食……您絕對𣍐相信，我舉一個例給你聽——頭一年，所有的機關，大大細細差不多攏塞錢塞了ㄚ，竟然有一個小小的『公路工程處』也打電話叫我去『納錢』，我想講這機關跟工廠一點仔關係都無，我哪著去塞錢？所以我不插偲，安倪麻煩就來ㄚ！原來彼工廠起在田中方，入貨出貨孤有一條路通行，偲便駛一台工作車，擋放列路中，插牌講是『修護中』，但是規日沒看得半個工人，結果規個月，工廠的貨，入也𣍐入，出也𣍐出，最後只有是乖乖提錢去塞塞咧，偲才甘願將車駛走……！𣍐輸地獄咧，每月上飛機欲去心頭就鬱卒，等飛機在桃園降落才感覺爽快，三年已經真夠額，我咒詛以後絕對不復去ㄚ！」

一等這壯漢把一肚子悶氣發洩完了，祖母馬上又將話拉回原來的主題，進一步問她說：

「既然無先生通安慰，也𣍐曉去找朋友開講，安倪心情不才會好，生活也較快樂。」

「但是我在台北一個朋友都無……」

「為什麼咧？」

「因為我一向攏住在高雄，踮（toe，跟隨）一個教授列做研究，沒外久進前伊給人調來『台灣大學』做系主任，我自安倪佮伊來台北，在大學的附近租一間公寓，不免講朋友，連隔壁都沒相借問……」

祖母不禁為她的際遇搖頭感歎起來，有好一陣子都找不到話好說，忽然眼睛一閃，輕叫道：

「既然連朋友都無，至少妳猶有外家啊，三不五時仔轉去找您老母講話，摸乳也好，親像我的查某子，嫁翁生子也猶定定轉來列思奶……」轉向阿美與阿義，繼續說下去：「即兩個啦，攏也伊生的，一兩個月仔就抱來給我顧，兩個攏愛動物，我不才按偲，若乖才欲迿偲去『台北動物園』，阮媽孫仔三個即馬就是去彼丫看動物……」

祖母滔滔不絕地說，似乎因為自家的快樂而忘了人家的悲哀，幽然聽她回答道：

「不過阮老母早就過身丫……」

祖母頓時目瞪口呆，連那壯漢也一時傻了眼，只聽那大尼姑趁機說了起來：

「阿——彌陀佛，人生苦海，佛法無邊……若是安倪，我勸女士會使找時間來阮『木柵仙公廟』聽經解違，阮山頂也有禪房，清氣復安靜，女士也會使來過暝孕仙夢。」

車尾的對話暫時告一個段落，巴士自「公園路」轉入「羅斯福路」後，就一直向南行駛，來到「和平東路」的十字路口時，為了避免與一輛闖紅燈的計程車相撞，司機踩了緊急剎車，所有乘客都猛地向前傾斜，倏然聽到阿義大叫起來：

「我的龜打不見（pa-m-kiⁿ，丟掉不見）ㄚ啦！我的龜打不見ㄚ！……」

原來他手上的烏龜在剎車之際掉到走道上，往左側的椅子下快爬了進去，藏到黑暗的角落裡，害那椅上的小尼姑把一雙穿包鞋的細腳抬得高高的，做出盪秋千之狀，還一邊歇斯底里地驚叫：

「噯唷……我上驚龜啦！……緊加伊抓走！……緊加伊抓走！……」

那壯漢開始有一些動作，似乎想蹲下身子去為阿義抓龜，可是碍於必須爬到兩位尼姑的腳下，有失男人體面，也就無疾而終了。好在祖母身絕不後人，她立刻催促阿美去替弟弟抓龜，可是阿美雙手卻抱著偌大的洋娃娃，眼看祖母抱著弟弟，靈機一動，遂將洋娃娃遞給斜側的女士，對她說：

「阿姨，這嬰仔加我抱一下，不通落去哦，我抓龜給弟弟，妳才復還我。」

她欣然答應了，於是在阿美鑽到椅子到處找龜的當兒，她便緊緊抱住那洋娃娃，像抱住自己的嬰兒一般，假如不是流產的話，那嬰兒現在應該長得這般大了，然而她不但沒有嬰兒，連先生、朋友、母親……一般人都有的東西她也沒有，她驀然百感交集，把頭垂在洋娃娃的頭上，幽幽啜泣起來……

「阿姨，妳列嚎？人囝仔不才列嚎，妳大人列跟人嚎，妳列嚎啥？」

阿美抓到龜，把牠交給阿義，想抱回洋娃娃的時候，對女士說道，後者尷尬地抬起頭來，把洋娃娃遞還給阿美，抽出手帕來拭淚，一邊拭一邊回答阿美說：

「阿美妳知否？阿姨是天腳下上孤單的人，親像今日是我的生日，但是身邊無聲無息，連一個人影都無……」

說著，她禁不住又抽抽噎噎，哭泣起來……

阿美呆立在那裡，側頭蹙眉，做不解之狀，祖母卻不動聲色，將阿美拉到一旁，附在她的耳朵，私談幾句，揮手示意，叫她回到女士的跟前去……只見阿美一邊走去一邊回頭說：

「我唱，阿義也清唱。」

「彼哪著講？妳唱，阿義自然會聽妳唱。」祖母肯定地回答。

於是阿美立在女士的跟前，大聲唱了起來：

祝妳生日快樂……
祝妳生日快樂……
祝妳生日，阿……姨……
祝妳生日快樂……

阿美唱這「生日歌」的第一句時，只有她自己一個人獨唱；等她唱第二句時，便有阿義與她對唱；等她唱第三句時，更有小尼姑與她們合唱；等她唱第四句時，則連祖母、大尼姑、壯漢也加入混聲大合唱。唱歌期間，卻見乘客的頭一顆顆做一百八十度旋轉，眼光齊向車後投射過來。等歌唱畢，全車響起如雷的掌聲，甚至車前的司機，也經由頭上的反射鏡，頻頻點頭微笑，向女士表達祝賀之意。

那粗漢在「古亭國小」巴士站下車時，手臂上的青龍向她一飛，雄獅大吼一聲：

「生日快樂！」

然後等她在「台灣大學」巴士站下車時，從背後傳來全車如瀑的叫聲：

「生－日－快－樂!!!」

她轉過身來，笑得像一朵春天盛開的鬱金香，萬分激動地說：

「多謝大家，這是我一生上快樂的生日！」

〈鬱〉導讀

◎歐宗智

此篇敘述一位少婦由台大醫院總院搭公車至公館台灣大學，由「鬱」轉「樂」的經過。結婚五年的少婦之「鬱」，源於頭胎懷了八個月而不幸流產、離鄉背井鮮少朋友往來、親生母過世，以及丈夫被派往中國工作，半年才返台一次。自醫院門診出來，她悶悶不樂，全身虛弱無力，上車獲得讓座，經由交談，說出心中之鬱，得到慈祥祖母、老尼姑等乘客的同情與安慰，少婦百感交集，幽幽啜泣，原來這天是她生日，乃更感孤單。於是在老祖母安排下，互不相識的乘客齊唱「生日快樂」歌，少婦下車時眾人大聲祝福她「生日快樂」，讓她破涕為笑，有了一個最快樂的生日。

這是反映現實的作品，諸如指出台商於中國設廠所衍生之社會現象。再者，此篇人物對話採用閩南語書寫，為了充分表達方言原味，累積多年閩南語寫定經驗的東方白積極造字，也運用台灣俗諺，使人物顯得益加生動。

東方白創作《浪淘沙》以來，小說人物對話之方言書寫，已成為東方白文學的一大寫作特色，而且成績斐然，其後文學自傳《真與美》以及小說《魂轎》、《小乖的世界》、《真美的百合》，其人物自始即說全套閩南語，在文字運用上益發爐火純青，充分展現東方白特殊的寫作風格。〈鬱〉延續此一寫作特色，其方言寫定的苦心與成績，有目共睹，同時也大大增添了閱讀的趣味。

〈蛋〉

白溪是我經常散步的地方，在一個遊人罕至的溪灣，我闢了一個空地，這空地夾在兩棵榆樹之間，我每回在這空地體操後，就坐在一截橫倒的樹幹上打坐或冥想。

這溪上有一種外形似鴨名叫 Mallard 的候鳥，這種候鳥每年春天當加拿大雪融的時候，由南方的美國飛來的，孵蛋育子，等秋天來到，再攜一家鴨子飛回南方去。這種野鴨，母的是棕色，不怎麼起眼；可是公的則翡翠多彩，簡直像鴛鴦一樣漂亮，是我在白溪散步時最愛看的動物之一。

今年春天的一個早晨，我照例又到白溪散步，當我走近我那榆樹的空地，一隻棕色的 Mallard 驀然自草叢撲翅飛起，降到白溪，在溪上呱呱悲叫，巡迴不去。我想事出有因，便在周圍搜索起來，果然在一棵榆樹之下，發現一窩鮮蛋，一共五粒，我伸手去觸摸，溫暖透心，原來是那隻母鴨下的蛋，準定剛才牠還在窩裡孵蛋，聽了我的腳步聲，才驚慌飛走，可是為了牠的蛋，又依依不肯離去。

我審視那些鴨蛋的大小，與我每晨吃的雞蛋相差不多，於是立刻自心中萌發慾念，我可以撿幾粒回家享用。體操與打坐完了，我果真自窩裡撿了三粒鴨蛋，左右的褲袋各放一粒，一粒拿在手中把玩，興高采烈，邊玩邊往回家的方向走去……

來到橫跨白溪的木橋，我照例又將雙臂擱在欄杆上，一面喘息，一面欣賞橋下潺潺的流水。不意間，鴨蛋竟然從手中溜出，掉在淺水的石卵上碎了，隨水流到下游去。我後悔不及，伸手摸摸兩只褲袋，還好袋裡的兩粒鴨蛋仍圓好無缺。開車回到家裡，我將兩粒灰殼鴨蛋，往冰箱裡盛白殼雞蛋的紙盒一放，隨手將冰箱一關，也就把這事忘得一乾二淨。

次日早餐，我照例要煎一粒蛋的時候，將冰箱拉開，那兩粒灰殼鴨蛋特別在白殼雞蛋中顯現出來，立刻激起我品嚐野味的慾望，遂伸手撿起其中的一粒，敲破蛋殼，將殼內的蛋黃連同蛋白往熱鍋一倒，炸聲驟起，油滴迸濺，可是老天！鍋裡煎的不是蛋黃或蛋白，而是約略成形的雛鴨，雖然尚無生命的跡象，可是翅足俱全，呼之欲動，不禁叫我反胃欲嘔，食慾全失……

我忙將冰箱剩下的那粒鴨蛋從中拎出，往褲袋一放，開車直赴白溪，急急向空地奔去。來到那兩棵榆樹之間，才發現那樹下只剩一空窩，窩裡兩堆碎殼，可是那隻破殼而出的小鴨連同那母鴨都不見了蹤影。我輕輕將袋裡的鴨蛋放回窩裡，帶著不盡的歉意離開空地，一路上只抱著一個念頭，但願那母鴨會回窩將這鴨蛋孵出小鴨……

第三天早上，我照例黎明就趕去白溪的空地，那窩裡的鴨蛋有移動的跡象，果然那母鴨曾回窩來孵過，只是那鴨蛋在冰箱冰凍了一日夜，早已凍僵了，怎麼還孵得出小鴨？帶著一肚子懺悔，我悻悻回到家裡來……

我心有未寧，一整夜睡不好覺，第四天早上，更早趕赴白溪的空地，一瞧那鴨窩，那鴨蛋不見了，空窩新添了一堆碎殼。我歡呼雀躍了起來，我的小鴨沒有凍死，牠已破殼而出了！

我帶著萬分暢快走回家，來到那跨溪的木橋，忽聞聒噪的鴨聲，我忙探頭往橋下看，一隻母鴨帶兩隻小鴨從橋底優閒游過，後面跟著一隻嬌嫩的雛鴨，努力向前追趕，拚命拍翅叫喧……

我感動至極，虔誠在橋上半跪下來：感謝上蒼，儘管我一時懵懂害了兩條命，終究我三日慈悲救了一條生！

〈蛋〉導讀

◎歐宗智

文學作品的產生源於作家的心靈世界，作家不僅要實現對生存環境的關懷，還必須在現實的取材上，建立一種透視人生普遍情境的永恆觀點，這往往也就是作家的人生觀，以及一心想要表現、掌握的主題。「人道精神」一直是東方白小說的重要主題。

此篇敘述作者至白溪散步的小故事，是散文也是小說，字數僅一千二百餘字，但其所呈現的人道精神，使這篇作品顯得晶瑩剔透。

作者散步時，無意間在榆樹之下發現一窩野鴨蛋，心生貪念，順手拿走了三粒，不小心打破一個，回家後將完好的二粒放入冰箱冷藏，隔天取其一煎之，發現蛋內雛鴨約略成形，心念一轉，連忙將僅剩的一粒送回樹下的空窩。心神不寧了兩天，幸好看見破殼而出的小鴨已隨母鴨在水中游泳，此情此景令作者不禁跪了下來，感謝上蒼的慈悲。

小小篇章對人性的慾念與無知予以自我批判，再經由反省、悔改獲得救贖，其中「死與生」端在一念之間，以及作者「平衡—不平衡—平衡」的心境歷程，也使讀者感受到愛與關懷，從而領悟人道精神的基本意涵。

〈色〉

「阿色國」是世界地圖上的一個小國，地處南太平洋地震帶的一個小島。這國家雖小，可是歷史悠久，文化昌盛，它曾經出過一位英明的皇帝，因為生平留下無數豐功偉績，所以後世的臣民便尊稱他為「阿色大帝」。

阿色大帝在位時，雄才大略，威風凜凜，全國臣民，跪在他的面前，沒有一個不發抖；聽到他的命令，沒有一個不服從。儘管不時他都有三十六宮七十二院的嬪妃在身邊服侍，幾乎天天寵幸，夜夜春宵；可是有時他也愛孤居獨處，這時他最喜歡的消遣便是閱讀色情小說，他讀得津津有味，到達渾然忘我之境，最後連國家大事也拋到九霄雲外，一天二十四小時所思所想——不是「男歡女愛」就是「蘭鳥芝眉」。

既然鍾愛色情文學，阿色大帝對於類似的其他藝術也不免廣泛涉獵，才發現自己也同樣喜愛——色情繪畫、色情雕刻、色情音樂、色情舞蹈……等等，舉凡「色情」之物，鉅細靡遺，都在鑑賞與蒐集之列；日夜匪懈，籌劃宣傳與推廣之方。

阿色大帝不只懂得欣賞藝術，更善於窮物推理，經過幾十年對人的仔細觀察與研究之後，他終於悟出一個驚人的大道理——「人的面目是天下最醜惡可憎的東西；人的性器乃地上最美麗可愛的物體」。既得了這「前不見古人，後不見來者」的新發現，阿色大帝不願自私將它藏之於己，為了達到宣傳與推廣的目的，他立刻對「阿色國」全國上下頒發一道大命令：

茲為遮蓋醜惡可憎面目；顯露美麗可愛性器，特令全國國民，於公共場所，必須——頭戴面套，僅留眼孔；鼠蹊開窗，一絲不掩。違者重罰，絕不寬容。

阿色國阿色皇帝（大璽紅印）

此令

從命令頒佈到徹底執行的期限是一個月，這期間，阿色國突然經濟繁榮，百業振興，其中最顯著的是——服裝業、照像業、雕塑業……

首先，家家在服裝店排長龍買新裝。服裝的主要改革是上身的面套與下身的開窗，面套比較簡單，除了眼孔的大小與兩眼的距離，形式幾乎千面一律。可是開窗就千變萬化，多姿多采了，為了把男鳥與女眉盡可能詩情畫意地展現出來，服裝師絞盡腦汁，別出心裁，設計出各種的美麗的天窗，有方形、有圓形、有桃形、有橢圓形、有正三角形、有反三角形、更有蝴蝶形與菊花形……琳瑯滿目；為了減少性器磨損，窗邊一概柔絨流蘇，顏色則紅、橙、黃、綠、藍、靛、紫……不一而足。

其次，戶戶到照像館拍新照。原來在發佈命令的第二天，警察就到全國各機關學校，將原有的皇帝玉照收回，改發皇帝新照，這新照拍的竟然是阿色大帝的陽具，英挺勃發，吊滿閃耀的勳章，從此阿色國民便改對這阿色的性照，日夜鞠躬，敬拜有加。既然皇帝以身作則，做了良好模範，全國人民自不敢怠慢，踴躍跟進，只在換新身分證的一紙令下，個個都爭先恐後去照像館拍攝新照，半個月不到，阿色國的所有身分證便煥然一新，證上的照片一律改為三吋的性照——男的是雄糾的鳥像，女的是窈窕的眉像，一時，春光明媚，鳥語花香。

阿色國既然「歷史悠久，文化昌盛」，長久以來，自然出了不少偉人名士，這些對國家文化有巨大貢獻者，歷代皇帝都為他們建造雕像，雕像有兩種，全身的立像與半身的胸像。自從身分證的照片改新之後，這些雕像自不能例外，也得重新雕塑——全身的立像除了多蓋面套，還得加添開窗的陽具；而半身的胸像則必須完全改塑，塑成全套的性器。關於性器的大小形狀，活的（極少數）就依其本人原樣雕塑，死的（絕多數）就依其子，子死依其孫，子子孫孫無窮無盡，重塑雕像不怕不成。

有些行業，生意維持不變，可是內容與對象澈底改觀。

像理髮廳與美容院，男士不再理頭髮與刮鬍鬚，女士不再做頭髮與燙頭髮；前者改為理陽毛與刮陽毛，後者改為做陰毛與燙陰毛。

像化粧品，畫眉、眼青、假睫毛……不再用，面霜改為陰霜，粉膏、香水、口紅照用不變，特別口紅，塗的部位同樣是「唇」，只是從前是「嘴唇」，現在改為「陰唇」。

像首飾，所有男士都掛金鍊，因為他們有陽莖可掛，只是不叫「項鍊」，改稱「莖鍊」。女士既然無莖可掛，所以從此與金鍊絕緣，倒是穿孔依然流行，往時穿在耳朵，今日穿在陰蒂，因此往時以「耳環」，就改為今日的「蒂環」，鑽石、翡翠、珍珠、瑪瑙……五光十色，蔚為奇觀。

自從皇令實施，「不蓋面」與「不開窗」遂成了十分深重的罪行，一旦觸犯，法院必科以相當嚴厲的刑罰。譬如一個「不蓋面」的頑強硬漢就被判終身戴鐵鑄面具，連晚上睡覺也不許脫卸下來；再如一對「不開窗」的虔誠夫妻，男的被判「割鞭」，女的被判「去蒂」。因為「鞭」是男人的「命根」，「蒂」乃女人的「命脈」，人人都害怕被人「割去」，所以只得乖乖順從皇令。

阿色國出了一個出名的強盜，專門搶劫銀行，搶時一向蒙面，所以給他起了一個外號叫「蒙面大盜」，警察局懸賞緝拿的廣告上印的就是他「蒙面」的面罩。自從皇令實施，這強盜搶劫銀行時，改以蒙鳥行之，從此別人給他改了外號叫「蒙鳥大盜」，當然警察局懸賞緝拿的廣告上印的也變為「蒙鳥」的鳥罩就不必提了。

阿色大帝雖然嗜讀「色情小說」，唯不喜「色情」二字，究其原因，乃「色情」太色了，實在不合大帝身分。一天突然靈犀一通，腦筋一轉，遂將「色情」轉成「情色」，於是「色情小說」遂一變而成「情色小說」，這個名辭文雅多了，也合適大帝的身分，於是廣達命令，全國推行。

阿色國民見「色情」轉成「情色」成功，馬上跟進，將一些名辭也倒轉過來，以減輕原辭的重量，也因此法庭上才會有以下奇妙的對話：

「校長，你怎麼『嫖妓』？」

「我不『嫖妓』，我只『妓嫖』。」

「法官，你怎麼『貪污』？」

「我不『貪污』，我只『污貪』。」

「警察，你怎麼『強姦』？」

「我不『強姦』，我只『姦強』。」

「老師，你怎麼『說謊』？」

「我不『說謊』，我只『謊說』。」

「少年少女，你們怎麼當街『做愛』？」

「我們不『做愛』，我們只『愛做』。」

……………………等，不一而足。

就此，大罪化小，小罪化無；從此，阿色國犯罪率降低，道德觀更上了一層樓。

有一年，太平洋岸的一個大國，派了一位親善大使，坐輪船巡迴南太平洋諸海島小國，等他來到阿色國，船一靠碼頭，馬上便與海關人員發生外交爭執，爭執的議題便是阿色大帝那條有關服裝的著名命令——海關人員堅持親善大使必須「頭戴面套，腿間開窗」入關；可是後者要求以「開面閉窗」之方式進謁皇帝，折衝擳俎，相持不下，最後獲得一個妥協的辦法，那便是准許大使頭不必戴面套，但開叉必須帶一幅假陽具，如此既讓大使保住了面子，又得了「入鄉隨俗」的美名，豈非一舉兩得之善舉？

當親善大使坐了禮賓司長陪同的開篷車，前往謁見居住宮殿的阿色大帝，沿街萬民蠢動，人山人海，都來爭看這位「奇裝異服」的外國大使，幾乎所有成人都一邊競相走告，一邊驚呼大叫：

「看哪！看哪！看那外國大使醜惡可憎的臉！……」

大人胯下的小孩個個都伸出長頭想看看車篷裡的臉，卻都被大人用手將他們的眼孔掩住，聽大人罵道：

「小孩子學大人看什麼臉？不許看！不許看！」

親善大使進到皇宮，阿色大帝擺設國宴，熱忱招待。那國宴的名字是「後設滿漢全席」，乃「前設滿漢全席」所沒有，它取材之廣，可謂登峰造極，天下無雙，具體的內容是「陽八珍」與「陰八味」，「陽八珍」包括——龍鞭、麒鞭、虎鞭、象鞭、熊鞭、鹿鞭、海狗鞭、海豹鞭；「陰八味」——包括仙鶴蛋、天鵝蛋、孔雀蛋、鳳凰蛋、鴕鳥蛋、鴛鴦蛋、鸚鵡蛋、恐龍蛋。山珍海味，千色百香。

次日，親善大使再由禮賓司長陪同，遊覽全島，參觀大廈——其中印象最深刻的是「國家藝術館」與「國家圖書館」。

「國家藝術館」展覽的繪畫與雕刻，不論古今東西，一律以男女的性器與雌雄的性愛為主題，海闊天空，雄渾瀟灑，看得大使眼花撩亂，天旋地轉……

「國家圖書館」收集的文學書籍，除了「情色」之類——像著名的《查泰萊夫人的情夫》、《北迴歸線》、《我的秘密生活》、*Fanny Hill*……沒有其他。這大大叫大使感到訝異，便問身旁的禮賓司長說：

「真是奇怪！我周遊列國，每國的圖書館都收集世界經典文學名著——像《戰爭與和平》、《克拉門索夫兄弟》、《唐吉訶德》、《浮士德》……這些作品，怎麼獨獨你們的圖書館沒有？」

禮賓司長聽了，粲然一笑，十分理解地回答道：

「我們的阿色皇帝，為了振興文化，曾經頒下一道『臨時條款』：『任何文學作品，必須以「情色」為其描寫對象，描寫範圍不得超出性器三寸以外，一書之中每三頁至少必須有一場性愛。違者查禁，絕不寬容。』大使提的那些世界經典文學名著，可惜既不『情色』也無『性愛』，都違反了皇帝的法令，被列為禁書，新的不准進口，而舊的早被燒掉，所以圖書館裡才一本也不存。」

「這麼說，貴國的作家也得遵從這條法令，不寫便罷，一寫只能寫出情色的文學作品？」

「沒錯，大使先生。法律之前，書書平等。」

大使信手翻了幾本阿色本國作家出版的小說與詩集，書後一律附有作者的近照，拍的一律是作者的性器——男的「蘭鳥」或女的「芝眉」；照片有小有大——小的一寸，形狀模糊；大的六寸，連陽毛或陰毛也根根可數……大使皺起眉頭，問禮賓司長說：

「每本書後的作者照片，印的都是男女的性器，這我可以了解；可是照片的大小，從一寸到六寸，這我可就不了解了。司長先生，這是怎麼一回事呢？」

「哦，大使先生，這不說您不知，原來我們阿色國的出版法，對作者照片的大小，規定十分嚴格，完全依作者的年資來決定它的大小——也就說，愈資淺的，照片就愈小，愈模糊；越資深的，照片就越大，越清楚。」禮賓司長彬彬有禮地回答。

第三天晚上，親善大使更由禮賓司長陪同，到「國家音樂廳」去欣賞特別為前者舉辦的一場盛大的音樂舞蹈會。這晚的節目一共只有兩個——第一個是由藝名叫「蘭芝」的阿色國最偉大的現代作曲家作曲的「情色交響曲」，第二個是由藝名叫「鳥眉」的阿色國最偉大的現代舞蹈家編導的「天鳥湖」芭蕾舞。

演奏「情色交響曲」的交響樂團，陣容浩大，樂器齊全，制服整齊劃一，一律蒙頭開叉，儘管所有的弦樂器（小提琴、中提琴、大提琴、低音提琴）仍舊用手拉弓，而且男女皆有；可是所有的敲擊樂器（鋼琴、木琴、定音鼓、三角鐵）則用蘭鳥敲擊，當然全是男的；所有的管樂器（長笛、短笛、單簧管、雙簧管、喇叭、號角）則用芝眉吹奏，當然全是女的……

表演「天鳥湖」芭蕾舞的是一對身材健美的青年男女，全劇就只有他們兩人，隨著管弦配樂，繞著一潭湖水，做出一百零八種刺激挑逗的性愛姿勢……

在散戲歸途的汽車裡，禮賓司長低問親善大使說：

「不知大使對今晚的音樂舞蹈會有何感想？」

「我的感想嘛……」大使沉吟半晌，才含蓄地回答：「首先關於那『情色交響曲』，所有的敲擊樂器與吹奏樂器都用男女的性器演奏，這在世界的任何其他國家都是不可能成功的事，早在演奏之前，就會被警察以『妨害風化』的罪名抓到牢裡去了。」

「可是大使，在我們阿色國裡，人人頭戴面套，鼠蹊開窗，那些『頭不戴面套、鼠蹊不開窗』的人，才真正是犯了『妨害風化』的罪人呢。」禮賓司長回答，然後又補了一句：

「請問大使，那麼您其次的感想是什麼？」

「其次關於那『天鳥湖』芭蕾舞，兩位青年男女表演的性愛姿勢，為什麼不是『一〇七』種，也不是『一〇九』種，剛好是『一〇八』種？難道這『一〇八』有什麼特別意義嗎？」

禮賓司長哈哈大笑起來，得意地回答：

「當然有！因為我們的阿色皇帝有三十六宮七十二院的嬪妃，如果每晚寵幸一位，那麼輪完一次，不是剛好要性愛『一〇八』次嗎？嬪妃的性愛姿勢各各不同，當然也就有『一〇八』種囉。」

大使恍然大悟，頻頻吟哦起來。驀然汽車駛過一家酒店，店前的走廊上有兩三個女人在悠閒徘徊，她們露面閉窗，而且濃妝艷抹……被大使瞥見了，不禁大叫起來：

「你看！你看！她們不『頭戴面套，鼠蹊開窗』，這不犯了『妨害風化』的罪嗎？警察怎麼不抓她們？」

禮賓司長笑得更厲害，連連咳嗽，向大使道歉之後，才回答他：

「她們是領了執照的妓女，只有這種人，警察才允准她們不必『頭戴面套，鼠蹊開窗』，因為這樣才能增加性感，否則如何去吸引街上的顧客？」

大使恍如醍醐灌頂，頻頻點起頭來……

親善大使完成親善任務打算離開阿色國了，離開之日又去宮庭拜謁了阿色大帝，對他說：

「為了促進貴國與敝國的友誼，我受我們政府之託，希望捐贈貴國一座建築，以留做永久紀念，不知陛下意見如何？」

阿色大帝點了點頭，沉思良久，然後回答：

「我希望你們能為我建一座世界最高的高塔。」

「這一點問題也沒有，只不知陛下想建什麼形式的高塔？煩請略為提示。」

「整座高塔必須象徵朕與嬪妃，而且可供全體居住。」

「請陛下放心，我回國之後，自會向政府轉達陛下之意，再派人來建造陛下心目中的高塔。」

親善大使回國之後，果然自國中請到一位著名的建築師，領了一團工程人員來到阿色國，遵照阿色大帝的意願，設計了一座他夢想的高塔，既已獲得他的首肯，立即召集全國的工人，在那團工程師的監視之下，動工建起世界最高的高塔來……

在全民的努力與外人的協助之下，不到幾年，一座頂天的巨塔終於在阿色國的島上矗立起來，這塔前不見古人後不見來者——全塔是根據阿色大帝蘭島的形狀依同等比例放大建成的，上下共有一百零八層，每層有一個窗戶，每個窗戶都是根據大帝的每個嬪妃芝眉的形狀與比例塑成的，每戶上裝有一燈，象徵陰蒂，燈燈顏色不同，所以一到夜晚，整塔便亮出一百零八種色彩，爭奇鬥艷，色色不讓。為了與這些色燈有別，建築師特別在塔頂裝了一盞巨燈，利用白天的太陽能，以無色的日光照射黑夜的全島。

高塔建成之後，阿色大帝享受了一段漫長的快樂歲月，他把三十六宮七十二院的嬪妃遷居到高塔之上，每人各居一層，阿色帝便每夜宿一層，層層上升，等升到塔頂，再往下降。如此一上一下巡完一輪高塔，一年已過大半，剩下的日子，就回宮孤居，傾心閱讀情色小說了。

阿色大帝安享高壽，他死後六十年，南太平洋發生大地震，整個阿色國都沉到海裡去，全島只剩高塔的龜頭還露在海面，它依舊雄赳赳，氣昂昂，頭上利用太陽能的無色巨燈，仍然輝煌燦爛，像一座燈塔，領航夜間海上往來的船隻……

〈色〉導讀

◎歐宗智

在人性方面的追求，東方白是充滿道德性的，表現在文學上，即是「人道」、「愛心」與「宗教」等崇高主題的闡揚，台灣文壇耆宿葉石濤就曾推崇東方白的正義感與道德勇氣異乎常人，說他是台灣培養的正人君子。對於文壇之「情色」當道，即連知名老作家亦趨之若鶩，東方白頗不以為然，乃有此篇極盡諷刺之能事的曠世作品，讀之不禁瞠目結舌，並對東方白天馬行空之想像力拍案叫絕！

〈色〉裏的「阿色國」皇帝十分英明，留下無數豐功偉蹟，尊稱「阿色大帝」，他幾乎天天寵幸，夜夜春宵；獨處時最喜歡的消遣便是閱讀色情小說。阿色大帝不只懂得欣賞藝術，更善於窮物推理，悟出一個驚人的大道理——「人的面目是天下最醜惡可憎的東西；人的性器乃地上最美麗可愛的物體」，於是對「阿色國」舉國上下頒發一道命令，亦即：「為遮蓋醜惡可憎面目，顯露美麗可愛性器，特令全國國民，於公共場所，必須——頭戴面套，僅留眼孔；鼠蹊開窗，一絲不掩。違者重罰，絕不寬容。」

由於此一命令，「阿色國」出現許多怪異而好笑的現象，諸如全國各機關學校，將原有的皇帝玉照收回，改發皇帝新照，這新照拍的則是阿色大帝的陽具，英挺勃發，吊滿閃耀的動章，從此阿色國民便改對這阿色的性照，日夜鞠躬；男士自此都掛金鍊，因為他們有陽莖可掛，只是不叫「項鍊」，改稱「莖鍊」，女士無莖可掛，倒是穿孔依然流行，往時戴「耳環」，今日改為私處之「蒂環」，蔚為奇觀。又，阿色大帝嗜讀「色情小說」，唯不喜「色情」二字，究其原因，乃「色情」太色了，實不合大帝身分，遂將「色情」轉成「情色」，於是「色情小說」遂一變而成「情色小說」，全國貫徹推行。以上種種莫不令來訪之親善大使大開眼界，嘖嘖稱奇。最後，阿色大帝獲贈一座夢想高塔，全塔根據阿色大帝陽具形狀放大建成，上下共一百零八層，每層窗戶悉依大帝一百零八個嬪妃私處形狀與比例塑成。

東方白如此這般的想像力，簡直不可思議，堪稱「超現實」情色小說，通篇圍繞著「色」，實則讀之絲毫不覺其色，或許是色到極處不再色吧！而其對情色文學之諷喻，昭然可見。且此篇似乎無意中反映了時代，不知寶島即將沉淪，而人人猶耽溺於色與情，特別是「人面是醜的，性器才是美的」——所以必須掩蓋前者，暴露後者。對於著重外貌而忽視內在者，不啻一大諷刺，而關心台灣未來前途者，讀此篇必定心有戚戚焉！

作品強調思想性的東方白，透過誇張、非理性的寓言形式來傳達其思想觀念，這樣的作品不少，如〈天堂與人間〉、〈道〉、〈棋〉、〈普陀海〉、〈孝子〉、〈東東佛〉……等，而〈色〉正是最新的一篇，「寶刀未老」四字適足以形容。

〈秋葉〉

東方白伸手想摘他頭上的一片秋葉，於是那秋葉便對他說：「你何必早些摘我呢？反正過不了多久，我自己也要掉落的啊……」

〈秋葉〉導讀

◎歐宗智

東方白天生喜愛「哲學性」、「思想性」的抽象文學，諸如寓言、神話等深具人生意義的短篇小說，其中莊子〈夢蝶〉、列子〈愚公移山〉、陶潛〈桃花源記〉、莫泊桑〈項鍊〉、契訶夫〈打賭〉、芥川龍之介〈蜘蛛之絲〉是他的六個最愛。莊子〈夢蝶〉，共四十八字，晶瑩剔透，猶如不朽的文學或哲學之鑽石，百讀不厭，永世留傳。

莊子〈夢蝶〉選自《莊子．內篇．齊物論第二》，文曰：「昔者莊周夢為胡蝶，栩栩然胡蝶也。自喻適志與！不知周也。俄然覺，則蘧蘧然周也。不知周之夢為胡蝶與？胡蝶之夢為周與？」意謂以前莊周在夢中幻化為蝴蝶，遨遊於天地之間，逍遙自在，不知何為莊周。忽然醒來，發覺自己仍是莊周，不知道自己到底是夢到莊子的蝴蝶，還是夢到蝴蝶的莊子。這是古來最有名的虛幻與真實混淆的故事，真是人生如夢，夢如人生，在在令人咀嚼回味。

東方白不遑多讓，寫了同樣是四十八字的〈秋葉〉，短短三行沉省錄，卻也是一則極精緻的超短篇，有樹下伸手摘葉的人物東方白自己，以及樹上將落而未落的秋葉，作者將秋葉擬人化，乃有意味深長的言說。秋葉的話語流露萬物終將歸屬大地的認知與感嘆，換言之，人生不必強求，順應自然即可。至於自己到底是夢到莊子的蝴蝶，還是夢到蝴蝶的莊子，也就不用去追根究柢，自尋苦惱了。

後記

◎東方白

《頭：東方白短篇精選集》給〈頭〉短篇一個歸宿，它既有了，我也心安，人生圓滿，萬事無缺。

此書之作品，全由歐宗智與應鳳凰揀選，於每篇之後附上說明與短評，以增讀者之了解與興趣，可大大增加它的可讀性。十分感謝他們，不知如何回報。

我當初以為可以創作到生命之最後一日，沒想CC一走，又不得不搬來大兒子家住，一切也隨她而去。人生就如此，沒有滿分，但八十分總有吧！此後就讓別人去寫些好東西吧……

生死乃一線之差。什麼都可以接受，無怨無悔。將來若《浪淘沙》與《頭：東方白短篇精選集》僅此二書可以留傳下去，願足矣。

附錄一——本書各篇原載出處

〈臨死的基督徒〉
——原載一九六三年十月《現代文學》第十八期

〈囗囗〉
——原載一九六四年六月《現代文學》第二十一期

〈黃金夢〉
——原載一九七五年十月八日《中央日報》

〈奴才〉
——原載一九七九年二月二十日、二十一日《民眾日報》

〈魂轎〉
——原載一九九九年七月三十日、三十一日《聯合報》

〈黃玫瑰〉
——原載二〇〇三年七月二十八日、二十九日《聯合報》

〈頭〉——原載二〇〇五年五月三日至六日《聯合報》

〈命〉——原載二〇〇五年七月《文學台灣》第五十五期

〈網〉——原載二〇〇五年七月《文學台灣》第五十五期

〈絕〉——原載二〇〇五年十月《文學台灣》第五十六期

〈鑰〉——原載二〇〇五年十月《文學台灣》第五十六期

〈鬱〉——原載二〇〇六年八月《鹽分地帶文學》第五期

〈蛋〉——原載二〇〇七年元月《文學台灣》第六十一期

〈色〉——原載二〇〇七年元月《文學台灣》第六十一期

〈秋葉〉

——原載《盤古的腳印》（台北：爾雅，一九八二年五月初版），頁六十二

附錄二

——東方白寫作年表

一九三八年　1歲　三月十九日生於台北市。本名林文德。

一九四九年　11歲　台北市太平國民學校畢業，考入台北市建國中學初中部。

一九五二年　14歲　建國中學初中畢業，考入同校高中部。

開始讀大仲馬、狄更斯、托爾斯泰、屠格涅夫、庫布林等人之長篇巨著。

一九五三年　15歲　初讀莫泊桑之短篇小說，驚嘆。

初讀芥川龍之介之短篇小說，喜歡。

完成散文〈野貓〉（九月十日）。

完成散文〈盲〉之初稿。

一九五四年　16歲　完成短篇小說〈臨死的基督徒〉之初稿。

完成散文〈獵友〉。

一九五五年　17歲　因頭痛不止，休學。

一九五六年　18歲　繼續休學。

一九五七年　19歲　完成短篇小說〈烏鴉錦之役〉（八月），後發表於《聯合報》（九月十四日），處女之作。

一九五八年　20歲　完成二十八萬字之長篇小說《雪麗》，不成熟，始終未敢發表。
八月，入台北市私立延平中學夜間部繼續讀高三，後轉日間部。

一九五九年　21歲　延平中學高中畢業，考入國立台灣大學農業工程系水利組。

一九六〇年　22歲　完成短篇小說〈忌妒〉，後發表於《青年雜誌》（一九六四年一月）。
完成短篇小說〈母親〉，後發表於《台大青年》（一九六二年五月）。
完成短篇小說〈早晨的夕陽〉，後發表於《青年雜誌》（一九六四年三月）。
精讀叔本華《意志與表象之世界》，十分感動。

一九六一年　23歲　經花蓮同學之介紹認識同校外文系的王禎和，又經王禎和之介紹認識其同班同學鄭恆雄。
初讀契訶夫之短篇小說，沉醉。

一九六二年　24歲　完成短篇小說〈重逢〉。
完成短篇小說〈幽會〉（二月十七日），後發表於《創作》（一九六五年）。
完成散文〈噢！可愛的天使〉，後發表於《台大青年》（一九六三年四月）。
完成短篇小說〈波斯貓〉（八月十三日），後發表於《聯合報》（十月一日）。
完成短篇小說〈少女的祈禱〉（十月十八日）。
完成短篇小說〈線〉（十二月十三日），後發表於《青年雜誌》（一九六三年十二月）。

完成散文〈盲〉之定稿，後發表於《青年雜誌》（一九六三年十月）。
完成短篇小說〈臨死的基督徒〉之定稿，後發表於《現代文學》（一九六三年十月，第十八期）。

一九六三年 25歲
經宜蘭同學之介紹認識黃春明，友情頻濃。
完成短篇小說〈錢從天上飄下來〉（三月），後發表於《大學論壇》（五月）。
完成散文〈第一千零一個「雨、雨傘與女人」的故事〉（三月十八日）。
完成短篇小說〈中秋月〉（三月二十七日），後發表於《聯合報》（十二月二、三日）。
完成短篇小說〈把船漂到台灣海峽去〉（五月一日），後發表於台灣大學《綠濤》（十一月）。
完成散文〈迎上前去〉（五月二日），後發表於《台大青年》（六月）。
完成短篇小說〈勝利的敗仗〉（十月二十五日）。
完成散文〈老樹、麻雀與愛〉（十一月），後發表於《現代文學》（十二月，第十九期）。
台灣大學畢業，入軍中服役。
經黃春明之介紹認識朱橋，開始為朱橋主編之《青年雜誌》投稿。
經鄭恆雄之邀，開始為《現代文學》投稿，後同訪白先勇於台北市松江路。

一九六四年 26歲
完成短篇小說〈兩朵白玫瑰〉（二月六日），後發表於《青年雜誌》（四月）。

完成短篇小說〈天堂與人間〉（三月十四日），屢經退稿，始終未能發表。

完成中篇小說〈□□〉（四月），後發表於《現代文學》（六月，第二十一期）。

初識七等生於嘉義市。

介紹黃春明給七等生，邀約黃春明與七等生計議自費出版《三人短篇小說集》，因無資金，終未實現。

應鄭恆雄之請，介紹黃春明與七等生投稿《現代文學》。

對文學發生冷感，寫信告訴鄭恆雄說〈□□〉乃東方白最後之作，決心以後不再寫作。七月，自軍中退役，因失業無聊，應黃春明之邀，前往宜蘭同住多日，遊山玩水，遠棄囂塵。

一九六五年　27歲　繼續失業。

八月，獲加拿大莎省大學（University of Saskatchewan）之獎學金，於九月中旬赴莎城（Saskatoon）攻讀工程碩士。

一九六七年　29歲　獲莎大工程碩士學位，論文題目："*Physical Simulation of The Infiltration Equations*"。

繼續於同校攻讀工程博士學位。

一九六八年　30歲　五月，與鄭瓊瓊結婚。

初遊佳碧與冰府公園，見露意湖，驚為仙境。

翻譯散文〈一個雨天快樂的週末〉（八月十二日），後發表於《聯合報》（十一月）。

完成短篇小說〈夢中〉（九月十二日），後發表於《聯合報》（十月十五日）。
翻譯伏爾泰之短篇小說〈一個善良的婆羅門的故事〉（九月）。
翻譯《伏爾泰筆記》（九月）。

一九六九年 31歲 短篇小說集《臨死的基督徒》出版（三月，水牛出版社）。
寫中篇小說〈異鄉人〉初稿。

一九七〇年 32歲 獲莎大工程博士學位，論文題目：*"Hydrodynamics and Kinematics of Overland Flow Using A Laminar Model"*。
就職莎大水文系，從事莎省融雪之觀察與研究。

一九七一年 33歲 完成散文〈學生不老〉（二月十四日），後發表於《中央日報》（三月十九日）。
六月，首次回台灣省親。

一九七三年 35歲 完成散文〈麗〉（八月六日），後發表於《聯合報》（八月二十二、二十三日）。
中篇小說〈OK歪傳〉於《台獨》月刊連載（第十五期至二十八期）。

一九七四年 36歲 離開莎城，移住亞伯大省愛城（Edmonton）。
就職於 Alberta Environment Department，從事亞省水文之觀察與分析。
完成散文〈莎河與我〉（五月二十五日），後發表於《聯合報》（六月）。
完成短篇小說〈草原上〉（六月十八日），後發表於《聯合報》（十月十五、十六日）。
完成短篇小說〈房子〉（十一月二日），後發表於《聯合報》（十一月二十四、二十五日）。

完成短篇小說〈熊的兒子〉（十二月九日），後發表於《聯合報》（一九七五年一月十五日）。

一九七五年　37歲

完成短篇小說〈黃金夢〉（一月二日），屢遭退稿，後經劉紹銘先生之介紹發表於《中央日報》（十月八日）。

完成短篇小說〈飄〉（二月二十日），後發表於《聯合報》（三月三十一日，四月一、二日。）。

完成短篇小說〈復活〉（三月三十一日）。

翻譯托爾斯泰短篇小說〈上帝知道一切，等待吧！〉（五月二日）。

長篇小說《露意湖》發軔（五月中旬），開始蒐集有關資料並瀏覽類似之文學作品。為《露意湖》之景色描寫，特地開車赴西雅圖、溫哥華，並重遊佳碧與冰府公園，即景即興作隨筆錄。

完成散文〈白溪與我〉（六月二十五日），後發表於《中央日報》（一九七六年十二月三十日）。

完成短篇小說〈孝子〉（七月二十四日），後發表於香港《七十年代》（十月，第六十九期），又被宏文譯成日文刊於日本《台灣省民報》（一九七六年二月一日）。

八月，遍遊美洲東部及華府。

《露意湖》落筆（九月十五日）。

十月，為《露意湖》中佳碧公園之秋景描寫，特地又重遊佳碧公園。

完成《露意湖》第一部（十一月七日）。

完成論文〈大文豪與小方塊〉（十二月二十五日）。

重新與黃春明取得書信聯絡。

因用腦過度，頭痛又開始。

一九七六年 38歲 完成《露意湖》第一部（一月二十一日）。

父母來愛城共住數月，寫作暫停。

完成《露意湖》第三部（七月二十八日）。

趁參加於溫哥華舉行「美加西區棒球友誼賽」之便，又重遊西雅圖與溫哥華，作更多的隨筆錄。

九月參加「愛城台灣同鄉運動會」，因運動過激，脊椎受傷，在床上靜養兩個多月，不能坐，更不能寫，《露意湖》完全擱置。

十二月，黃春明歸台灣之前夕，由溫哥華打長途電話來愛城，互勉「愛較打拚寫」。

忍住頭痛與背痛，勉強完成《露意湖》第四部（四月七日），《露意湖》初稿全部完成。

一九七七年 39歲 五月，《筆匯》劉克瑞先生來信通知要將〈黃金夢〉譯成英文發表。

〈口口〉被歐陽子女士編入《現代文學小說選集》（六月，爾雅出版社）。與歐陽子取得書信聯絡，相知恨晚。

《露意湖》修定稿完成，由邱文香女士代為謄寫，後寄給爾雅出版社審閱，發行人隱地先生決定出版。

完成短篇小說〈東東佛〉（八月二十六日），後發表於《現代文學》（一九七八年六月，復刊號第四期）。

短篇小說集《黃金夢》出版（十月，學生書局）。

〈黃金夢〉（The Golden Dream）由張瑞基女士譯成英文，刊於 *The Chinese Pen*, Summer, 1977。

《露意湖》經隱地先生介紹，開始於《中華日報》連載（十一月十七日）。

完成短篇小說〈道〉（十二月二十日），後發表於《聯合報》（一九七八年一月二十七日）。

一九七八年　40歲

完成散文〈父子情〉（一月二十八日），後發表於《中央日報》（三月十二、十三日，被更名為〈父子情深〉）。

完成短篇小說〈尾巴〉（三月十七日），後發表於《中國時報》（九月十九、二十日）。

《露意湖》在《中華日報》連載結束（六月十三日）。

《露意湖》出版（九月，爾雅出版社）。

〈莎河與我〉（Saskatchewan River and Me）由胡耀恆先生譯成英文，刊於 *Seacademy*, Sept,

1978。

完成短篇小說〈池〉（九月七日），後發表於《中國時報》（一九七九年四月二十八日）。

完成短篇小說〈島〉（十一月十日），後發表於《現代文學》（一九七九年三月，復刊號第七期）。

完成短篇小說〈阿姜〉（十二月九日），後發表於《民眾日報》（一九七九年六月二、三日）。

一九七九年　41歲

完成短篇小說〈奴才〉（一月四日），後發表於《民眾日報》（二月二十、二十一日）。

二月，與鍾肇政先生取得書信聯絡，如逢久別兄長，開始為他主編的《民眾日報》副刊與《台灣文藝》投稿。

完成短篇小說〈☯〉（三月十二日），後發表於《中華日報》（六月二、三、四日，被加上副題「合唱交響曲」）。

完成短篇小說〈船〉（四月七日），後發表於《亞洲人》（一九八一年，第一卷第四期）。

完成短篇小說〈十三生肖〉（七月二十三日），後發表於《中國時報》（一九八〇年一月二十八日）。

《東方寓言》短篇小說精選集出版（九月，爾雅出版社）。

完成散文〈大學之美〉（十二月九日），後發表於《中華日報》（一九八〇年一月三日）。

一九八〇年　42歲　完成短篇小說〈普陀海〉（二月五日），後發表於《中外文學》（五月，第八卷第十二期）。

完成短篇小說〈棋〉（二月十七日），後發表於《聯合報》（十一月二十八日）。

大河小說《浪淘沙》落筆（三月十六日）。

《浪淘沙》第一部「浪」完成（五月五日）。

完成散文〈寂寞秋〉（五月十九日），後發表於《中華日報》（七月五日）。

抄完一九六九年之舊作中篇小說〈異鄉子〉，後發表於《中外文學》（一九八一年八月，第十卷第二期）。

〈奴才〉被選入《六十八年短篇小說選》。

〈奴才〉被選入《一九七九年台灣小說選》。

〈奴才〉（The Slave）由 Rosemary Haddon 譯成英文，刊於 *Canadian Fiction Magazine*, 1980, TRANS 2。

〈父子情〉被選入《中副散文選》。

〈父子情〉被選入《豆腐一聲大下白》（爾雅出版社）。

〈父子情〉被選入《親親》（爾雅出版社）。

沉省錄《盤古的腳印》（一九七〇年至一九七五年之部分）開始在《台灣時報》連載（八月二十日），自九月起開始在海外版的《遠東時報》轉載。
完成散文〈銀像〉（十月二日），後發表於《中華日報》（十一月十四日）。
《盤古的腳印》（一九七五年至一九八〇年之部分）開始在《台灣文藝》連載（復刊號第十六期）。
完成散文〈自畫像〉（十一月二十八日），後發表於《聯合報》（十二月二十八日）。
完成短篇小說〈長城〉（十二月二十五日），後發表於《暖流》（一九八一年，第一卷第五期）。
完成短篇小說〈太子〉（十二月三十一日），後發表於《暖流》（一九八一年，第一卷第五期）。

一九八一年　43歲　完成短篇小說〈鳥語花香〉（二月十九日），後發表於《現代文學》（復刊號第十五期）。
〈奴才〉被宏文譯成日文刊於日本《台灣省民報》（五月一日）。
《浪淘沙》開始在《台灣文藝》連載（復刊號第十八期）。
短篇小說〈船〉發表於《亞洲人》（八月，第一卷第四期）。

一九八二年　44歲　完成散文〈我的畫〉（一月二十一日），後發表於《中華日報》（二月十一日）。
散文〈十分快樂〉發表於《文學界》（第一、二期）。

完成短篇小說〈如斯世界〉（二月二十三日），後發表於《文學界》（第三期）。
《盤古的腳印》出版（五月，爾雅出版社）。
《浪淘沙》第一部「浪」獲「吳濁流文學獎」。
歐洲旅行（七月至八月）。

一九八三年　45歲　《十三生肖》出版（九月，爾雅出版社）。
〈黃金夢〉被選入《寒梅》（爾雅出版社）。
《浪淘沙》轉到《文學界》連載（第八期）。
病重回台灣（三月）。
奔父喪再回台灣（五月）。

一九八四年　46歲　《浪淘沙》第二部「淘」完成（三月二十五日）。

一九八五年　47歲　繼續寫作《浪淘沙》第三部「沙」。

一九八六年　48歲　〈作家守則〉發表於《台灣文藝》（一〇〇期）。

一九八七年　49歲　病重回台灣（十一月）。

一九八八年　50歲　病中，《浪淘沙》寫作完全停頓。

一九八九年　51歲　《浪淘沙》停筆一年半後又重新動筆（三月十九日）。
《浪淘沙》全部完成（十月二十二日）。

一九九〇年　52歲　〈寄「浪淘沙」讀者〉發表於《台灣文藝》（一一九期）。

《浪淘沙》轉回《台灣文藝》連載（一一九期）。
《浪淘沙》出版（十月，前衛出版社）。
回台灣為《浪淘沙》巡迴演講並參加「《浪淘沙》文學座談會（十二月）。
〈「浪淘沙」菁華摘要〉發表於《中國時報》（十二月二十九日）。
《夸父的腳印》出版（十二月，前衛出版社）。

一九九一年 53歲

《浪淘沙》獲《中國時報》——「開卷好書」第二名（中譯馬克斯《資本論》第一名）。
完成散文〈慈眼寺〉（六月十五日），後發表於《聯合報》（八月二十、二十一日）。
台文小品〈上美的春天〉與〈學生沒嫌老〉發表於《自立晚報》（十月二日）。
台文小品〈青盲〉發表於《自立晚報》（十月十一日）。
《OK歪傳》出版（十一月，前衛出版社）。
《浪淘沙》在《台灣文藝》（一二六期）連載完畢，前後十一年。
完成散文〈忍耐，千萬別放棄〉（九月十五日），後發表於《台灣文藝》（一二七期）。
《浪淘沙》獲「吳三連文藝獎」（第十四屆）。回台灣領獎（十一月）。

一九九二年 54歲

台文短篇小說〈黃金夢〉發表於《自立晚報》（一月六、七日）。
完成短篇小說〈鐘靈〉（二月一日），後發表於《聯合報》（三月二十五日）。
《真與美》文學自傳落筆（二月十五日）。
完成短篇小說〈百〉（五月十八日），後發表於《聯合報》（六月二十日）。

完成散文〈神韻〉（十一月二十八日），後發表於《自立晚報》（十二月十七、十八日）。

一九九三年 55歲 完成散文〈魔法學徒〉（四月二十六日），後發表於《聯合報》（七月八日至十日）。
完成散文〈從世界大河小說到台灣大河小說〉（五月十八日），後發表於《自立晚報》（六月二十三日至三十日）。
完成極短篇〈古早〉（七月二十六日），後發表於《聯合報》（十一月十七日）。
《台灣文學兩地書》出版（與鍾肇政合著，由張良澤編，二月，前衛出版社）。
完成散文〈迷夜〉（八月三十一日），後發表於《自立晚報》（十月十二日至十四日）。
《東方白集》出版（《台灣作家全集》之一，十月，前衛出版社）。
《浪淘沙》獲「台美基金會人文獎」。

一九九四年 56歲 完成散文〈建中二白〉（三月五日），後發表於《聯合報》（五月一日至十一日）。
完成散文〈寒舍清音〉（五月十七日），後發表於《自立晚報》（六月二十五日至二十七日）。
《父子情》散文選集出版（八月，前衛出版社）。
完成中篇小說〈芋仔蕃薯〉（九月十六日），後發表於《自立晚報》（十月十六日至十一月四日）。
《芋仔蕃薯》出版（十一月，草根出版公司）。

一九九五年　57歲　《神農的腳印》出版（一月，九歌出版社）。
《黃金夢》重排再版（一月，爾雅出版社）。
完成散文〈櫻花緣〉（三月十四日）。
奔母喪回台灣（四月）。
《雅語雅文》台語文選出版（六月，前衛出版社）。
《真與美（一）》出版（十月，前衛出版社）。
《迷夜》出版（十一月，草根出版公司）。
一九九六年　58歲　《真與美（二）》出版（十二月，前衛出版社）。
一九九七年　59歲　《真與美（三）》出版（五月，前衛出版社）。
完成散文〈痖弦與我〉（九月十八日）。
一九九八年　60歲　〈痖弦與我〉發表於《聯合報》（八月二十二日至二十四日）。
一九九九年　61歲　人生首度住院手術（三月五日）。
完成短篇小說〈魂轎〉（五月二十六日），後發表於《聯合報》（七月三十、三十一日）。
完成精短篇〈生日卡〉（八月二十八日），後發表於《聯合報》（十二月四日）。
完成短篇小說〈所羅門的三民主義〉（十二月六日）。
《真與美（四）》出版（十二月，前衛出版社）。

二〇〇〇年 62歲 《OK歪傳》重新再版（五月，草根出版公司）。
完成散文〈卅年寒窗〉（一月七日），後發表於《文訊》（一七二期）。
〈魂轎〉被收入《八十八年小說選》（四月）。
〈口口〉被收入《爾雅短篇小說選》（五月）。
〈莎河與我〉被收入《爾雅散文選》（七月）。
〈所羅門的三民主義〉發表於《自由時報》（六月二十日至二十六日）。

二〇〇一年 63歲 《真與美》全部完成（一月六日）。
《真與美（五）》出版（四月，前衛出版社）。
《真與美（六）》出版（四月，前衛出版社）。
完成精短篇〈我〉（五月二十六日），後發表於《聯合報》（八月七日）。
完成精短篇〈空〉（六月五日），後發表於《聯合報》（七月十二日）。
《台灣文學評論》創刊，沉省錄以《思想起》為題，逐期連載（七月）。
完成精短篇〈我〉（八月二十口），後發表於《文學台灣》（第四十期）。
〈黃金夢〉（Dream of Gold）由 Lynn Miles 譯成英文，刊於 *TAIWAN NEWS*（一月二十日至二十一日）。
〈魂轎〉（Soul Palanquin）由周素鳳譯成英文，刊於 *The Chinese Pen*, Autumn, 2001。

二〇〇二年 64歲 完成中篇小說〈小乖的世界〉（三月三十一日），後連載於《文學台灣》（第四十一期至第四十三期）。
完成散文〈春之聲〉（四月十日），後發表於《自由時報》（四月二十二日）。
完成精短篇〈髮〉（五月八日），後發表於《聯合報》（六月十九、二十日）。
完成精短篇〈殼〉（七月七日），後發表於《聯合報》（十月二十二日）。
《魂轎》短篇小說集出版（十一月，草根出版公司）。
《小乖的世界》中篇小說出版（十一月，草根出版公司）。

二〇〇三年　65歲　完成短篇小說〈黃玫瑰〉（三月十八日），後發表於《聯合報》（七月二十八、二十九日）。
長篇小說《真美的百合》落筆（四月十一日），後於《文學台灣》開始連載（四十七期）。
獲第二十五屆鹽分地帶文藝營「台灣新文學貢獻獎」（八月）。
完成散文〈漫步〉（九月二十六日），後發表於《自由時報》（十月二十五日）。
「國家台灣文學館」於台南開幕（十月）。

二〇〇四年　66歲　《浪淘沙》（丘雅信部分）電視連續劇正式開鏡（四月）。
《浪淘沙》與《真與美》手稿由彭瑞金夫婦來加拿大運回台灣永久收藏（七月）。
《真美的百合》完成（七月十九日）。
完成論文〈文學淘汰論〉（八月七日），後發表於《文學台灣》（五十二期）。

《真美的百合》長篇小說出版（十一月，草根出版公司），並於美國加州聖地牙哥舉行美洲限定版新書發表會（十一月）。

《台灣文學兩地書（續）》出版（與鍾肇政合著，錢鴻鈞編，編入《鍾肇政全集（34）》，十一月，桃園縣文化局）。

二〇〇五年 67歲

《浪淘沙之誕生》十二年日記出版（二月，前衛出版社）。

配合《浪淘沙》大河連續劇上演，專程返台（四月二十二日至五月二十一日），接受各媒體專訪，並於真理大學、成功大學等校專題演講。

〈頭〉發表於《聯合報》（五月三日至六日）。

《浪淘沙》第十修正版新排珍藏本出版（五月，前衛出版社）。

《浪淘沙》改編大河連續劇於民視頻道開演（五月七日起）。

「《浪淘沙》新版暨關係書發表會」於台北市國賓飯店舉辦（五月十七日）。

精短篇〈命〉、〈網〉發表於《文學台灣》第五十五期（七月）。

偕妻赴北歐旅遊（八月）。

精短篇〈絕〉、〈鑰〉發表於《文學台灣》第五十六期（十月）。

民視公視合資製播《浪淘沙》電視劇，榮獲金鐘獎五個獎項，含年度最佳連續劇大獎（十一月）。

二〇〇六年 68歲

北歐遊記〈波羅的花〉於《文學台灣》元月起連載（第五十七期至六十期）。

〈頭〉榮獲九歌版《九十四年小說選》年度小說獎（蔡素芬主編）（三月）。
〈托翁與我〉發表於《聯合報》（三月二十六日至二十九日）。
精短篇〈鬱〉發表於《鹽分地帶文學》第五期（八月）。
愛妻CC檢查罹卵巢癌，進行療程（七月）。
國家台灣文學館主辦台灣大河小說家作品學術研討會（以鍾肇政、李喬、東方白為研究對象），研討會當天舉辦「東方白《浪淘沙》等創作資料捐贈儀式及展覽」，東方白委託林鎮山教授出席將《浪淘沙》和《真與美》全部手稿及其他相關珍貴文物，全部贈予國家台灣文學館典藏（九月）。

二〇〇七年　69歲　精短篇〈蛋〉、〈色〉發表於《文學台灣》第六十一期（一月）。
愛妻CC病逝（二月七日）。創作遽而中止。
沉省錄《思想起》於《台灣文學評論》連載暫停（四月）；自二〇〇一年七月起，共計連載二十四回。

二〇〇八年　70歲　《真與美（七）》出版（二月，前衛出版社）。
移居加拿大東部 Markham ONTARIO，與長子之偉同住。

二〇〇九年　71歲　與歐宗智來往信函命名《東方文學兩地書》，於《台灣文學評論》第九卷第三期（七月，張良澤總編輯）開始連載。

二〇一〇年　72歲　《東方文學兩地書》持續於《台灣文學評論》連載，至二〇一一年四月累計八回。

二〇一一年 73歲

《頭：東方白短篇精選集》定稿（二月）。

《頭：東方白短篇精選集》出版（七月，前衛出版社，應鳳凰、歐宗智編選）。

回憶在滿大人、海賊與「獵頭番」間的激盪歲月
Pioneering in Formosa
歷險福爾摩沙
台灣經典寶庫5
W. A. Pickering
(必麒麟)原著
陳逸君 譯述
劉還月 導讀
19世紀最著名的「台灣通」
野蠻、危險又生氣勃勃的福爾摩沙
Recollections of Adventures among Mandarins,
Wreckers, & Head-hunting Savages
前衛出版
AVANGUARD

台灣經典寶庫4

封藏百餘年文獻
重現台灣

Formosa and Its Inhabitants

密西根大學教授
J. B. Steere（史蒂瑞）原著
美麗島受刑人 林弘宣 譯
中研院院士 李壬癸 校註
2009.12 前衛出版　312頁　定價 300元

本書以其翔實記錄，有助於我們瞭解19世紀下半、日本人治台之前台灣島民的實際狀況，對於台灣的史學、人類學、博物學都有很高的參考價值。

——中研院院士 李壬癸

◎本書英文原稿於1878年即已完成，卻一直被封存在密西根大學的博物館，直到最近，才被密大教授和中研院院士李壬癸挖掘出來。本書是首度問世的漢譯本，特請李壬癸院士親自校註，並搜羅近百張反映當時台灣狀況的珍貴相片及版畫，具有相當高的可讀性。

◎1873年，Steere親身踏查台灣，走訪各地平埔族、福佬人、客家人及部分高山族，以生動趣味的筆調，記述19世紀下半的台灣原貌，及史上西洋人在台灣的探險紀事，為後世留下這部不朽的珍貴經典。

台灣
經典寶庫
Classic Taiwan

陳冠學 一生代表作

一本觀照台灣大地之美 20世紀絕無僅有的散文傑作

田園之秋

陳冠學是台灣最有實力獲諾貝爾文學獎的作家……
我去天國時，《田園之秋》是我最想帶入棺材的五本書之一

—— 知名媒體人、文學家 汪笨湖

中國時報散文推薦獎/吳三連文藝獎散文獎/台灣新文學貢獻獎
《讀者文摘》精彩摘刊/台灣文學經典名著30入選

前衛出版
AVANGUARD

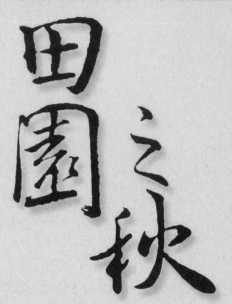

國家圖書館出版品預行編目資料

頭：東方白短篇精選集 / 東方白著. -- 初版. --
台北市：前衛，2011.07
280面；15×21公分
ISBN 978-957-801-671-2（平裝）

857.63　　100012175

頭：東方白短篇精選集

著　　者　東方白
編　　選　應鳳凰　歐宗智
責任編輯　鄭美珠
出 版 者　前衛出版社
10468 台北市中山區農安街153號4F之3
Tel：02-2586-5708　Fax：02-2586-3758
郵撥帳號：05625551
e-mail：a4791@ms15.hinet.net
http://www.avanguard.com.tw
出版總監　林文欽
法律顧問　南國春秋法律事務所林峰正律師
總 經 銷　紅螞蟻圖書有限公司
台北市內湖舊宗路二段121巷28.32號4樓
Tel：02-2795-3656　Fax：02-2795-4100
出版日期　2011年7月初版一刷

定　　價　新台幣300元

Printed in Taiwan　ISBN 978-957-801-671-2